集英社オレンジ文庫

鍵屋の隣の和菓子屋さん

つつじ和菓子本舗のこいこい

梨沙

本書は書き下ろしです。

目次

序章　恋こい　005
第一章　死人がえり　009
第二章　夏景色　069
第三章　雨の日　117
第四章　和菓子日和　169
終章　秘めたるは　219

【登場人物紹介】

蘇芳祐雨子《すおうゆうこ》

『つつじ和菓子本舗』の看板娘。幼なじみの嘉文を密かに想っていた。多喜次からのプロポーズの返事を保留中。

淀川多喜次《よどがわたきじ》

『つつじ和菓子本舗』の二階に住み込み、和菓子職人の修業中。兄・嘉文の幼なじみである祐雨子に片想いをしている。

柴倉豆助《しばくらまめすけ》

多喜次より少し遅れてバイトに入ったイケメン。実は和菓子屋の息子で、職人としての技術は確か。祐雨子を気に入っている。

淀川嘉文《よどがわよしふみ》

『つつじ和菓子本舗』の隣で鍵屋を営む青年。祐雨子の幼なじみでこずえの婚約者。

遠野《とおの》**こずえ**

かつて家出した際、嘉文に拾われ、彼の助手となった。高校卒業後は彼と婚約し、一緒に暮らしている。

雪《ゆき》

鍵屋の看板猫。真っ白でふわふわ。金庫に閉じ込められていたのをこずえが助けた。

イラスト／ねぎしきょうこ

序章　恋こい

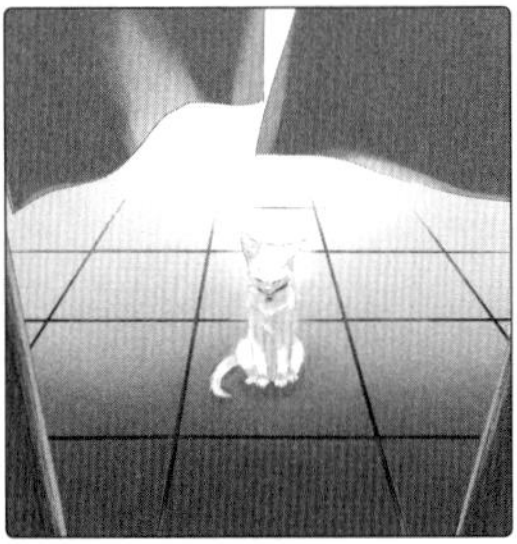

物心ついた頃から好きな人がいた。

柔らかく笑うその人は、周りの空気すらふんわりとくるんでしまうような女性だった。おっとりしているのに意外と押しが強くて、好奇心が旺盛《おうせい》でお人好《ひとよ》し。なにごとにも寛容で、ちょっと抜けているところもあって目が離せなかった。

——着物がとてもよく似合うその人には、ずっとずっと好きな男がいた。

けれど彼には恋人ができて、彼女の恋は終わりを告げた。

ただただ想い続けるだけの彼女の恋が終わったとき、その先に自分がいればいいと思わなかったなんて言えば嘘《うそ》になる。自分にもチャンスがあるのではないか、そう期待してしまった。

人の不幸に便乗しようとする浅ましい心。ずるくて醜い自分に気づいてしまった。

「恋人ができたんです」

だから罰《ばつ》がくだったのだ。

嬉《うれ》しそうに笑いながら報告する彼女を前にそう思った。甘んじて受け入れなければならないと——そう、思った。

「そ……そっか」

なんとか声を絞り出す。かすれて裏返ったその声に、彼女は少し不思議そうな顔をした。

祝福してくれないんですか？　純粋でまっすぐな眼差《まなざ》しは、刃のように容赦なく、恋に破れた卑怯者《ひきょう》の心を切り刻んでいく。

よかったね、そう言おうとして失敗する。笑顔が崩れ、息が震える。彼女の不幸を願っているわけではないはずなのに、幸せな姿を受け入れられない。狭量《きょうりょう》だと自分自身を卑下《ひげ》したが、もうそれ以上はなにも言えなかった。

「あ、彼氏さんが来たみたいです」

すべてのものから興味が失《う》せたのか、彼女は視線を逸《そ》らす。そのときになってようやく自分たちがどこにいるかを思い出した。古い木材を使った落ち着いた雰囲気の店内にはショーケースが設置され、季節を切り取った色とりどりの和菓子が並んでいる。花や果物、景色、生き物、風や光までもを手のひらに収まる世界に写し取り、人々を楽しませるさまざまな菓子。それらから視線を剝いで彼女が見つめる先——背後へと首をねじ曲げる。

引き戸に人影が映っていた。長身の、たぶん、瘦《や》せた男だ。手が引き戸に触れる。わずかに引き戸が開くのを見て、恐怖にも似た感覚にぐっと目を閉じた。

会いたくない。見たくない。知りたくない。

他の男に笑いかける彼女なんて、考えるだけで身が引き裂かれそうなほどの苦痛だった。逃げ出そうと思った。それなのに足が動かなかった。それどころか身じろぎ一つできずに愕然《がくぜん》とした。

心臓が胸の奥で破れそうなほど暴れている。呼吸がどんどん荒くなり、全身がこわばっていく。

顔をそむけたいのに、おのれの意思に反し視線が引き戸からはずれない。

「――さん」

彼女が恋人の名を呼んだがうまく聞き取れなかった。否《いな》、聞こえていたのかもしれない。だが、理解できない。音は意味をなさず、意識の端からこぼれ落ちていく。

彼女が笑っている。

自分にではなく、自分を追い越したその向こうに。

ずっと求めていた笑顔はもう永遠に手に入らない。それを突きつけられた。

こんな現実、消えてしまえばいいのに――。

彼女が軽やかに駆け出す。一陣の風を残し、紺色ののれんをくぐって現れた恋人に、彼女は寄り添うようにして立った。

それは間違いなく〝悪夢〟だった。

第一章

死人がえり

1

「……っ……!!」

淀川多喜次《よどがわたきじ》は布団から飛び起き、胸を押さえて激しくあえいだ。寝間着代わりに着ていたシャツも短パンも汗でぐっしょり濡《ぬ》れていた。背中を丸め、両手で顔をおおって大きく何度も息をつく。動悸《どうき》はいつまでも収まらず、喉《のど》はカラカラに渇いていた。指のあいだから室内を確認したあと全身から力を抜く。住み込みでバイトに入っている『つつじ和菓子《わがし》本舗《ほんぽ》』の二階、六畳一間だった。部屋には布団が二つ並べて敷かれ、一方を多喜次が、もう一方を同僚の柴倉《しばくら》が使っていた。時計を見ると朝の六時。差し込む日差しで部屋はすっかり暑い。夏の熱気が多喜次に悪夢を見せていたらしい。

「最悪」

干上がった喉から声を絞り出す。経年劣化ですっかり黄ばんだ扇風機がごうごうと音をたてて動いていても、熱気をかき混ぜるだけで涼を取るにはほど遠い。多喜次はガリガリと頭を掻《か》いた。髪が伸びてきているのも暑さの原因なのだろう。くせ毛で多喜次以上に髪の長い柴倉は暑さが倍になっているのか、寝苦しさにうなされながら布団の海を泳いでいた。どうやら彼も悪夢を見ているらしかった。

店舗として利用されている一階にはエアコンがあるが、二階はもともと倉庫のように使われていたせいでエアコンがない。寒い時期なら着込んで布団をかぶれば寒さをしのげそうだが夏の暑さは凶器だった。

多喜次はシャツで顔を乱暴に拭きながら窓を開けた。早朝なのに風がぬるい。だが、部屋の中で蒸れている空気よりずっとマシだ。

外の空気を取り込もうと扇風機を窓際に移動させる。

「泥棒が来るより先に脱水で倒れそうだな」

防犯上仕方がないとはいえ、閉め切った部屋を扇風機一台ですごすのはさすがに厳しい。ここは思い切って窓を開けるべきではないのか。仮に網戸《あみど》のまま就寝しても、男二人が寝ているんだから泥棒だって遠慮するはずだ。

「……倒せばいいんじゃね？」

つぶやく多喜次の脳裏では夢の続きが再現されていた。引き戸を開けてやってくる男。背が高く、細身ながらも適度に鍛えられた体。顔は見えなかったけれど、きっとイケメンに違いない。まさかこいつじゃないだろうなとシーツの海を器用に泳いできた柴倉を蹴り戻し、自分の布団を片づけると手早く着替えた。

そして、ふと動きを止めた。

多喜次が和菓子屋に通うようになったのは、高校を卒業した兄が祖母の店を継いで鍵師になろうと決めたからだ。兄は不安定な職業を嫌う父と真正面からぶつかって絶縁状態になり、そんな二人を心配した母を見かねて多喜次が鍵屋に様子を見に行くようになった。今から九年前の話である。母はしばらくして達観したが、多喜次の鍵屋通いはそれからも続いた。ただし、当初の目的はそのままに、別の目的が追加された。鍵屋の隣、和菓子屋の看板娘である蘇芳祐雨子《すおうゆうこ》に幼少の頃から片想いをしていた彼は、兄の身を案じつつも、それ以上に和菓子屋が気になっていたのだ。

頼み込んで和菓子屋を手伝わせてもらうようになったのは、一年ほど前、高校球児だった彼がレギュラー入りは厳しいと自覚してずいぶんたってからだった。

高校を卒業すると、調理師専門学校に通いつつ和菓子職人を目指し住み込みバイトに昇格した。

祐雨子の父であり和菓子職人でもある祐《たすく》は、五時前には店に来て開店準備をはじめる働き者だ。多喜次もそれにならって五時には店に出るようにしている。にもかかわらず、時刻はすでに六時をまわっていた。

階下から物音がする。多喜次は慌てて階段を駆け下りた。

「すみません、遅れました！」

最後の一段に足をかけた多喜次は、調理場ではなく店内に人の気配を認めはっと視線を走らせた。

男がいた。がっちりと肩幅のある祐とは似ても似つかない瘦《や》せた男だった。夢で見た光景が、現実まで侵食していく。頰《ほお》がこけた男だ。まるで骸骨《がいこつ》が立っているかのようにシャツもパンツも立体感がない。身長だけがひょろりと不自然に高い男が、身をかがめてのれんの下から調理場を覗《のぞ》き込んできた。無造作に長い髪に目元が隠れて表情が読めない。だらりと垂れ下がった手に握られ、古びたロープがゆらゆらと揺れる。

今が早朝であること、手元のロープ、そして、男の不気味な雰囲気に、多喜次は祐雨子の恋人という可能性を即座に打ち消した。

「ど……泥棒……!!」

叫んで飛びかかる。あっさりと床に転がった男は、なにか声をあげてもがく。どうやらナイフのような武器は持っていないらしい。ロープが何度か多喜次の頰を打った。

「おやっさん！　警察！」

男を取り押さえ、多喜次は鋭く怒鳴った。血相を変える多喜次の肩を、〝おやっさん〟こと祐が、大きく分厚い手でぽんと叩いた。

「タキ、そいつは泥棒じゃない。公園で拾ったんだ」

憧れの和帽子に白衣をまとう祐は、多喜次を無理やり男から引き剝がした。解放されて安心したのか、男は床に転がってぼうっと天井を見ている。言われてみると、確かに泥棒にしては覇気《はき》も緊張感もない。だが、納得するには説明が足りない。

多喜次は男を警戒しながらも祐を見た。

「おやっさん、拾ったって……」

「桜の木にロープひっかけてたから声かけたんだよ。そこで首つったら、桜の木が傷《いた》むだろって」

「えっ」

「だいたいあの道は小学校の通学路だ。朝っぱらから首つりなんて見たらトラウマになるだろうが。放っておいたら別の木で首をくくりそうだったから連れてきたんだ」

いまだ床に転がって動こうとしない男は自殺志願者らしい。いかにも幸薄《さちうす》そうな顔は頰がすっかりこけ、白を通り越して青い肌をしていた。焦点を結ぶことのない大きな目が印象的で、半開きの口から吐き出される息は今にも途切れてしまいそうなほど細かった。

「……だ、大丈夫、ですか？」

手を差し出しながら訊《き》くと、男は多喜次の手を無視してのそりと立ち上がった。でかい。

百八十センチをゆうに超える長身だ。彼は表情の読めない顔で「迷惑おかけしました」と頭を下げた。

「別の場所を探します」

ロープを摑《つか》んで踵《きびす》を返す。多喜次はぎょっとしてロープを取り上げた。

「別の場所って！　探すって⁉」

「だから、公園じゃなくて、もうちょっと人通りの少ない閑静《かんせい》な場所を」

その場合に〝閑静〟という言葉は適さない。が、男は至極真面目な顔つきになって、多喜次に向き直るなり手を差し出してきた。

「それ、返して？」

「却下！」

「……でもそれ俺のだし」

「却下！　自殺する気なら返すわけにはいかないから！　おやっさん、どうしたら……って、おやっさん⁉」

そばにいるとばかり思っていた祐は調理場で小豆《あずき》を炊いていた。時刻はすでに六時半。開店の八時まで、あと一時間半。

「やば！」

毎日決まった時間に店を開ける、その繰り返しが信頼に繋《つな》がる。ショーケースに季節の和菓子を取りそろえ、いつも来てくれる常連さんに、何気なく立ち寄った初見《しょけん》さんに、日本らしい豊かな甘味とひとときの安らぎを提供するのだ。

多喜次は調理場の棚にロープを隠すなり紺色の腰下エプロンを掴んだ。

2

『つつじ和菓子本舗』の看板娘として周知されている蘇芳祐雨子が出勤する時間はまちまちだ。蟬《せみ》たちが本格的な夏の到来を告げた本日は、七時半に店にやってきた。

一般的に和菓子屋は、お盆やお彼岸《ひがん》、節句などの行事があるときに注文が増える。

今は夏。風鈴が涼しげな音を奏でる中、至る所で氷菓子が人気の一品となる季節である。同時に、連日続く暑さのために売上を落とす和菓子屋も珍しくなかった。

だから暑さを感じさせないように、わらびもちやあんみつ、ところてん、錦玉羹《きんぎょくかん》といった見るからに涼しげな涼果の類《たぐい》が店頭を賑《にぎ》わせる。

「七月のおすすめ和菓子は七夕《たなばた》にちなんだ『織姫《おりひめ》』と『彦星《ひこぼし》』、『天《あま》の川《がわ》』の三つになります。『織姫』は杏子《あんず》の甘露煮《かんろに》と羊羹《ようかん》が葛《くず》にくるんであります。『彦星』は、大粒の葡萄《ぶどう》が入っています。どちらも甘さはひかえめで、暑い日にさっぱりといただけます。『天の川』は錦玉羹です。中央の星は……」

和菓子の中には物語がある。季節の花や風景のみならず、和歌なども題材になるのだから当然だろう。祐雨子がすすめると、お客様は悩みながらも和菓子を選び、ほくほく顔で店をあとにした。

ほっと息をついて時計を見る。あと五分で十時になると確認したとき、そそこそ離れていく多喜次が視界を横切った。

「……多喜次くん」

今日の多喜次は朝からなんとなくよそよそしい。多感な彼は十八歳。八つも年上である祐雨子はおおらかに見守ろうと心に決めているのだが、逃げていく彼がどうしても気になって、遠ざかる背をついつい呼び止めた。

「ナ、ナンデショウカ?」

ギクシャクと振り向く彼に首をかしげつつ、祐雨子は店の隅《すみ》に置かれた椅子《いす》を指さした。

「あちらに腰かけている男の人はどなたですか?」

朝、出勤したら店内にいたのだ。ひょろりと背の高い、やけに痩せた男性が。こけた頬がこすれたように赤味を帯びている。置物のように身動き一つせず店のディスプレイと化していたのでうっかり忘れてしまうけれど、ときどき動いているらしく、微妙に体勢が違うのである。

「え?」

多喜次は祐雨子の見つめる先を目で追って、ぎょっとしたように上体をのけぞらせた。

「忘れてた! えっと、今朝、おやっさんが拾ってきた……えーっと」

多喜次がちらりと調理場を見る。どうやら祐に確認しに行こうと考えているらしい。それを見越したのか、男が生気のない目を多喜次に向けた。

「……小林《こばやし》です。小林、藤二郎《とうじろう》。じゃあ俺、そろそろ行きます」

「え、行くの?」

「はい。ホームセンターが開いてると思うんで、丈夫なロープを買いに」

「ちょっと待てぇい!」

ほっとしたように表情をゆるめた多喜次が立ち上がった小林を見てぎょっとする。彼は素早く移動し、小林の両肩を摑んで椅子へ押し戻した。

「丈夫なロープなんに使うんだよ? この期《ご》におよんで!」

多喜次の語調が荒い。祐雨子がきょとんとしていると、小林もどこか不思議そうな表情になっていた。

「だから、太くて安定感のあるいい感じの木を見つけたらそれにロープを引っかけて、輪を作って、こう、首に」

ジェスチャーで細やかに表現する小林を見て、多喜次は青くなり、祐雨子は目を瞬《またた》いた。ロープに木。輪を作って首にひっかける。連日の暑さに辟易《へきえき》している人も多いため、祐雨子は平和的解釈を口にした。

「逆てるてる坊主を作ってつるすんですか？　雨が降ってほしいときに作ったりしますよね。逆さまのてるてる坊主」

「はい。ちょっと大きめのものを」

祐雨子の問いに小林が真顔でうなずく。納得する祐雨子とは逆に、多喜次はいやいやいやと激しく首をふっている。

どうやら逆てるてる坊主を作る気ではないらしい。一瞬、細い体から摂食障害を疑った。梅雨《つゆ》に入る少し前、痩せたお客様が訪れた。彼はその人と似ていたのだ。だが、そうたびたび同じ病気のお客様が訪れるとも思えない。となると、多喜次、柴倉に続いて三人目のバイトだろうか。

「もしかして、新人さんですか？」

「違います」

多喜次はちょっと困ったような顔で首を横にふり、言いにくそうに言葉を続ける。

「この人、公園で首をつろうとしてて、それでおやっさんが止めて店に連れてきちゃったみたいで」

思いがけない言葉に祐雨子は「えっ」と声をあげた。

「だ、だから顔に傷が……!?」

「そ、それ、俺が泥棒と勘違いして押し倒したのが原因」

多喜次がそっと顔をそむける。状況を理解し、祐雨子はエプロンのポケットから絆創膏《ばんそうこう》を取り出した。

「痛みませんか?」

絆創膏を頬の傷に貼ると、小林はきょとんと祐雨子を見た。

「話、聞いてませんでした? 俺、死のうとしてたんですけど」

「今は生きています。だったら治療は必要です。他にどこか痛むところはありますか? 背中や腕は?」

「……いえ、他は、どこも痛みません」

奇妙な顔でそう返す小林に、祐雨子はほっと安堵《あんど》の息をつく。小林はそのまま押し黙ってどこか遠くを眺めるような表情になった。祐雨子の胸に、さざ波のように胸騒ぎが広がる。死を覚悟している人は、もっと鬼気迫る空気をまとっているとばかり思っていた。追い詰められて逃げ場を求め、ぎりぎりの心理状態で今にも破裂しそうな心をかかえているのだと、そう思っていた。

けれど彼は──。

「小林さんは、空気みたいな人ですね」

摑み所がない小林のことを率直に表現すると、彼は不思議そうな顔で祐雨子を見た。そして、ことんと首をかしげる。

「死にそうにない？」

「すみません。私にはよくわからなくて」

「──まあ、自殺は俺のライフワークみたいなものだから。意外に死ねないものなんですよねえ」

奇妙な言い回しでゆるゆると笑う。意外なことだったが、そうしていると逆に切迫感が増した。祐雨子が戸惑っていると小豆色ののれんがひょいと持ち上がり、祐が顔を出した。

「客がいないならちょっと休憩入れ」

手招きする祐に祐雨子と多喜次が顔を見合わせる。すぐに多喜次が顎《あご》を引き、小林の腕を摑んだ。

「え、俺はいいよ。買い物行かなきゃいけないし」

「茶ぐらい飲んでいけ！　って、あれ、小林さん歳《とし》いくつ？」

　はたと気づいたように問いかけた多喜次は、小林が「二十八だけど」と答えた瞬間、まずいという顔になった。見るからに年上なのに、そこら辺は意識から抜け落ちていたらしい。多喜次らしい反応に祐雨子は思わずくすりと笑った。

　多喜次がぴんと背筋を伸ばす。

「お、お茶をどうぞ、小林さん！」

「いやだから、俺買い物に……」

「一杯だけでも！」

　言葉遣いを直しながらも、多喜次は強引に小林を引きずってのれんをくぐる。続いて調理場に入った祐雨子は、作業台に用意されていた和菓子を見て目を丸くした。

　その和菓子が店頭に並ぶのは六月三十日まで――一年の残り半分の息災を祈って食べられるものだったのだ。

　形は三角。ういろうと邪気払いの小豆をたっぷり使った和菓子は『水無月《みなづき》』と呼ばれる。

　もちろん、七月に入った現在では店頭に並ばない和菓子だ。わざわざ祐が作ったものなのだろう。多喜次もそれに気づき、表情を引き締めている。

「俺、食欲ないんで」

息災を祈る菓子を一番食べてもらいたい男はあっさりと辞退した。

「おやっさんの作る和菓子はうまいから！　とりあえず一口だけでも！」

多喜次が皿を摑んで小林に突き出した。

「ホント、お節介なんだから」

溜息《ためいき》をつくのは断る小林と迫る多喜次を遠巻きに眺めている柴倉だ。和菓子屋『虎屋《とらや》』の一人息子である彼は、現在『つつじ和菓子本舗』で修業の身だ。多喜次と同い年ながら成形技術はずば抜けて高く、祐とともに店頭に並ぶ和菓子を作っているれっきとした和菓子職人である。

「聞きました？」

柴倉は練り切りをラップにくるんで片づけ、するりと祐雨子のそばに寄ってきた。

視線を小林に向けたまま小声で問うと、柴倉は肩をすくめた。

「自殺志願者ってことくらいは。ったく、あいつのお節介は病気ですか？　ああやってすぐ面倒事に首突っ込んで、どうせまた苦労するんだ」

「でも、悪いことばかりじゃないですよね？」

祐雨子が自分の首元をちょんとつついて微笑《ほほえ》んでみせる。柴倉の首元にあるチェーンネックレスは、一度彼のもとを離れたあと、多喜次の〝お節介〟によって取り戻されたものだった。祐雨子がにこにこしていると、柴倉は唇を尖《とが》らせて睨《にら》んできた。

「そういう顔してうなずかせようとするのやめてください。和装が似合うってだけでもポイント高いのに、仕草まで好みとかたちが悪いんですけど」

和装のことや仕草のことを、こうも真っ向から褒めてくれる異性は希少な存在だ。このフレンドリーさは柴倉の長所だろう。そこまで考え、彼がこうして褒めるのが女性に限っていることを思い出す。

「柴倉くんは全般的に女性が好きですよね」

「ど……どうしてそういう発想に……!?」

柴倉が驚愕《きょうがく》している。どうやら自分の長所には気づいていないらしい。

「柴倉くんはすごいです。一番ほしい言葉をくれる。和菓子に精通していることも大切ですけど、お客様が今なにを一番訊きたがっているのかを読み取って言葉にするのも、とても大切だと思います。お客様に寄り添う接客は、経験と情熱がないとできないことです」

祐雨子が熱く語ると、柴倉はがっくりと肩を落とした。

「――だからって、別に女性が好きってわけじゃないです。っていうか、あんまり褒めると図に乗りますよ、俺」

「図に乗ってください。自信のある人はとても魅力的です」

祐雨子の素直な意見に柴倉は頬を赤らめる。こうして照れる姿が微笑ましくてますますにこにこしていると、多喜次が無言で分け入ってきた。祐雨子と柴倉を引き剝がし、涙目でキッと睨んでから小林に椅子をすすめてその隣に腰かけた。

祐雨子は多喜次の行動に目を丸くし、柴倉は深く溜息をつき、祐は我関せずといった様子でお茶を淹《い》れる。

祐雨子は首をかしげた。なんとなく空気がおかしい気がしたのだ。しかし、尋ねられるような雰囲気でもなく、急に落ち着かない気分になって『水無月』を齧《かじ》った。

店で出す『水無月』はもっちりとしたういろう生地の上に上品な甘さの小豆がたっぷりとのった風味豊かな和菓子である。祐は『水無月』には手を出さず、多喜次は細かく切り分けて観察したあと口に含んでなにやら思案し、柴倉は用意されていたシンプルな団子をつまむ。ゲストである小林はというと、淡々《たんたん》と、表情一つ変えずに『水無月』を頰張っていた。甘いものが好きであるのか苦手であるのか、それすらもわからない無表情だ。

「うまいだろ？」

そこをぐいぐい押してくるのが多喜次だった。

「和菓子の肝は小豆なんだ。小豆といえば北海道だけど、うちは地産地消だ。無農薬、有機栽培。風味が違うだろ？　薄皮まんじゅうとかもうまいんだよ」

観察を終えた和菓子を口に含んでそれぞれパーツで味を確かめた多喜次は、最後に全体の味をまとめるように和菓子を口に放り込んで咀嚼《そしやく》する。

「……風味」

小林はつぶやくなりじっと『水無月』を見つめた。食にはあまり興味がない人なのかもしれない。一方的に多喜次がしゃべるだけのお茶の時間が終わると、彼は調理師専門学校の午後の授業を受けるため出かけていった。そして小林は、再びお客様の不審げな視線にさらされながら、祐雨子に懇願されるまま店の隅に置かれた椅子に座り続けた。

「小林さん、そろそろお昼です。まかない料理はいかがですか？」

本日のメニューは親子丼だ。小林は「結構です」と即答する。

「それより、ここら辺で人があまり出入りしない建物はありませんか。できれば廃屋が理想なんですが」

「近所にはありません。探すにしても、体力をつけておかないと暑さで倒れちゃいますよ。行き倒れて病院に運ばれたら手厚く看護され、元気になって退院することができます」

小林は思案し、祐雨子に誘われ調理場へと移動する。そして、どんぶりにこんもりと盛られた親子丼に少したじろいだ。祐が作る親子丼は鶏肉《とり》が柔らかく、タレの絡んだ卵もぷるぷるの半熟だ。三つ葉がふんわりと香り絶品だった。

「……食べても食べなくても、どっちにしろ元気になるんじゃないですか」

いただきます、と手を合わせる小林を遠巻きに眺めつつ柴倉が祐雨子に声をかける。呆《あき》れ顔だ。

「同じ結論なら面倒じゃないほうを選びます。とくに、他人とかかわりたくない人は」

「そうかもしれないですけど……個人的に、ああいうのとかかわるのは賛成できないです」

接客業に関しては熱心な柴倉だが、それ以外は意外と淡泊だ。もともとトラブルに首を突っ込む性分ではないのだろう。そう解釈したが、普段であれば警告すら口にしないような気がして祐雨子は思わず首をかしげた。

「どうしてそんなことを言うんですか？」

「――だって、本気で死にたいならもっとなりふり構わないじゃないですか。いくら引き留められたからって、ここにいること自体、矛盾《むじゅん》してる」

「つまり？」

祐雨子が先をうながすと、柴倉が迷うように言葉を濁《にご》す。そして、小さく息を吐き出すとまっすぐに祐雨子を見た。

「本気で死ぬつもりはない。俺たち、振り回されてるだけですよ」

柴倉は突き放すように告げ、来客に気づくと店内に戻っていった。

祐雨子たちの会話に気づくことなく小林は食事をとっている。まるで、味のない、綿でも噛《か》むような表情で。淡々と動く手は筋張っていて細く、不自然なほどに白い。細く尖った顎が上下し、喉仏がかすかに動く。食べることは生きることだ。最低限、誰にだって必要な行為だ。それすらも、彼は苦痛を感じているかのように見えてしまう。

食事を終えたら彼はきっと店を出て行くだろう。言葉通り死に場所を求めるのか、あるいは柴倉が考えるようにただのパフォーマンスなのか――。

「小林さん、午後から少し、店を手伝ってみませんか?」

ひどくつまらなさそうに食事をする男に、祐雨子はそう声をかけていた。

多喜次が学校を終えて急いで店に戻ると、小林がお茶券を黙々と切っていた。

「……なぜ雑用?」

「ただ椅子に座っているのも手持ち無沙汰《ぶさた》かと思いまして、お手伝いをお願いしました。寸分のくるいもない見事なお茶券ができあがってます」

「放っておけばいいのにさー」

疑問を投げる多喜次におっとり答えたのは祐雨子で、溜息をつくのは柴倉である。祐雨子が褒める通り、どこかで特注したのかと仰天するくらい完璧なお茶券が、紙の帯で百枚ごとにきっちりとまとめられていた。

「すげえ、機械みたい」

多喜次が裁断機を使うと、どんなに慎重に切っても数ミリは確実にずれる。どうせ消耗品だし、なんて思っていたが、性格でここまで差が出るのかと感心してしまった。

「でも小林さん、よく雑用やる気になったなあ」

「店を脱走しようとするたびに祐雨子さんが雑用を押しつけたんだよ。掃除が終わったら箱を組んでください、次は鍋《なべ》磨き、それが終わったらお茶券を切ってって具合に」

「小林さん、指先が器用なんです。細かい作業も得意みたいです」

「もともとはシステムエンジニアだったんで。でも俺は、プログラムを組むより粗《あら》探しのほうが得意でした」

三人の会話に口を挟んできたのは、話題にのぼっている小林本人だった。なるほどエンジニア、どうりで色白なはずだと多喜次は納得する。

しかし、いまいち仕事内容がわからない。

「システムエンジニアってなにするの？」

「……別に、普通のプログラマー。企業が希望するプログラムを組んで、ネットワークを構築して、バグ探して、プログラム導入したら各営業所に出向いて指導に回って」

「プログラマー！」

パソコンは高校で習ったきり、電源は入れられるがちゃんと切れるかすら怪しい多喜次である。専門学校で習う簿記も手順通りに入力する経理ソフトだったせいか、それをゼロから構築する人がいるなんて考えもしなかった。

多喜次が羨望《せんぼう》の眼差《まなざ》しを向けると、小林は唇を歪《ゆが》めるように薄く笑った。

「そんなにたいしたものじゃない。たった一カ所のミスを探すために何時間も何日も、ただひたすらパソコンにかじりつくだけの仕事だから」

「その仕事、まだ続けてるの？」

「……もうやめたよ」

多喜次の問いに、小林は独り言のように返す。

「今は家で引きこもって、ときどきこうして外出してる。定期的に」

なんだか微妙に引っかかる言い回しだ。定期的に外出している理由はなんなんだ、まさか毎回ロープを持って歩き回ってるんじゃないだろうなと問い詰めたかったが、やぶ蛇《へび》になりそうでぐっとこらえた。

「けど、いろいろうまくいかないんだ。いいなって思ってた廃ビルはいつの間にか取り壊されてるし、電車には事故防止の柵がつくし、包丁は思ったほど切れないし、洗剤は気分が悪くなって寝込むだけだし、薬は助かったときの胃洗浄がキツくて……ああ、そうだ、ロープ買いにいかなきゃ」

　自力でやぶをつつく性格だったらしい。多喜次はがっくりと肩を落とす。

「ロープは却下」

　多喜次が渋面《じゅうめん》になると、小林は考えるように宙を睨んだ。

「ロープ以外か……火鉢と練炭《れんたん》も試そうと思ったけどオーソドックスすぎてだめだったんだ。ホームセンターでしつこく用途訊かれて、答えなかったら売ってくれなかった。あれも相当苦しいらしいけど、一時期流行《はや》ったならいい線いけると思ったんだけどな」

「……いろいろ試してるんだな」

「ライフワークだから」

　矛盾には突っ込まないことにした。その代わり、なるほど死ぬために生きているのかと納得した。

「病気でコロッと逝《い》くまで待ってれば？」

「そんな他力本願な」

「死ぬ気で人助けしてみるとか。海外ボランティアなんかいいんじゃないの」

「海外はちょっと。ヒアリング苦手だし」

ちらりと小林の手首を見て多喜次はうなる。手首にはくっきりと傷痕《きずあと》が残っていた。一応、そこも試したらしい。リストカットのように複数の線があるわけではなく一本線のみというのが、ある意味で生々しかった。

「とりあえず、ロープは却下だから。あれ、下手に助かると低酸素脳症とか大変なんだぞ。一生寝たきりになる」

「……寝たきりは困る。俺のライフワークが」

そこは譲れないポイントらしい。どこまで本気かよくわからないが、なんだか目が離せない。「とりあえず」と、多喜次は前置きした。

「次の自殺方法考えるまで暇なんだろ。外暑いし、店にいたら？」

「いや、でも、なあ」

「いいっすか、おやっさん」

渋る小林を無視して調理場から店内を覗き込んでいた祐に問うと「好きにしろ」と返ってきた。もちろん、お客様として扱う気はなかった。祐雨子が頼んでいたとき同様に雑用を任せ、たまに発作のように店から出て行こうとする彼を引き留め、ことあるごとに会話えに引きずり込んだ。聞けばこの男、プログラマーとしては大変優秀で、優秀であるがゆえに仕事の量が増え、他人のフォローにも回され、不眠不休で働かされていたらしい。一週間家に帰れないことなどざらで、一カ月間以上まともに帰れなかったこともあったという。食事も不規則でどんどん痩せていき、貧血で倒れ病院に担ぎ込まれることもあった。それでも仕事の量は減らず、むしろますます増えていき、ある日、車道に飛び出そうとしている自分に気づき怖くなったそうだ。

このままでは会社に殺される、そう思った。

だから彼は会社をやめた。

そして、反動のように引きこもり生活をはじめた。ただただ部屋に引きこもり、ゲームに没頭した。それはとても空虚な時間で、ときどき思い出したように死への欲求が高まって自殺を図った。だが死にきれず、気がついたら死ぬことばかりを考えるようになった。

仕事に忙殺されたときみたいになにかから逃げたいわけではない。

彼は、死ぬことそのものに魅力を感じるようになってしまっていたのだ。

「ごめん、俺そういうのさっぱりわからない」

仕事の合間、ぽつぽつと語られる言葉に多喜次は素直にそう返した。思春期に患《わずら》うであろう「なぜ自分は生まれてきたのか」なる哲学にすら縁のなかった多喜次は、小林の気持ちに共感できるポイントが見つからなかった。

「カウンセリングとかは？」

代わりに問いかけたのは、和菓子の売り込みを果たし、お客様を見送った柴倉である。

「一応行ってみたけど、あんまり意味がなかったんだ。薬を飲んでも改善されないし、医師の話もピントがはずれてて半年で通うのをやめた」

店内の隅で黙々とお茶券に押印をする小林は、自分のことなのにまるで興味がないような口調だった。なんだかやっぱり引っかかる。

「小林さん、追加よろしくっす！」

とりあえず他事を考えさせないように、多喜次は大量の紙束を渡す。「向こう五年分はありそうなお茶券ですね」と、祐雨子が少し驚いていた。

次に荷物運びを頼むと、腕力があるのか意外とすんなり片づけてくれた。

そうこうするうちに閉店時間になり、渋る小林とともに夕食をすませ銭湯で汗を流し、三人で店の二階で休むことになった。

「二人でも狭いのに⁉」

「なに冷たいこと言ってるんだよ、柴倉！　お前このまま小林さん放っておく気かよ⁉　もしなにかあったらどうする気だよ⁉」

「――まあ寝覚めは悪そうだよな」

　柴倉の反応は淡泊だった。店の二階に宿泊することを祐が許可したのだから、多喜次の考えに賛同とはいかないまでも黙認してくれている状況だ。にもかかわらず、一歩離れたところから傍観《ぼうかん》しようとする。

「冷たいやつだな！」

「お前が暑苦しいんだよ。八時から十九時まで営業ってだけでも疲れるのに」

「あー、確かに。交代で休憩入るっていっても長いよな。前は九時半から十八時だったんだけど、早めの時間帯って来客多いし、駅近いから帰宅途中の会社員も来るし、俺その時間働けますって言ったら営業時間が延びて……」

「お前はもう口挟むなっ！　面倒になる！　小林さんのことも放置しろ！」

　怒鳴られて多喜次は肩をすぼめる。そんなふうに口論するあいだ、小林は敷かれた布団の上に座り、部屋の中をぼんやりと眺めていた。

「そんなことして、もし車に飛び込んだらどうする気だよ？」

「その前に警察に通報すればいいだろ」

　柴倉の意見ももっともだ。あまりにも堂々と答えたので、彼の意見こそが正解のような気がしてきた。しかし、通報したあとのことを考えて多喜次は首を横にふる。

「通報したって家に送り返して終わりだろ。全然問題解決になってないじゃないか‼」

多喜次は枕代わりに用意したクッションを摑んだ。そのままはっとして逃げ出す柴倉に向かって振りかぶる。

「見損なったぞ！」

叫んで投げつけたら顔面にヒットした。「ぐあっ」と声をあげ、柴倉がのけぞった。

「ナイスキャッチ」

しまった、力加減を間違えた、そう思った多喜次は、顔を引きつらせつつぐっと親指を突きたてた。不自然に顔を伏せた柴倉が無言でクッションを摑み、多喜次に投げ返してきた。それも、多喜次以上に力いっぱいだ。摑もうとした多喜次は電話の音にはっと視線を引き戸に向ける。そんな多喜次の顔面をクッションが叩き、たたみかけるように投げられたもみ殻《がら》入りの枕にあっけなく布団へと倒れ込んだ。

「柴倉！　やめろ！　電話が……‼」

「夜間は転送になってるだろ！　忘れたふりして逃げるな‼」

本気で忘れていたのだが、聞く耳を持たない柴倉は容赦がなかった。

六畳はあっという間に無法地帯になった。枕は二個、クッションは大きさの違うものが三つ。高さがあわないならこっちを使えと座布団が四つ用意されていた。それらを次々と掴み、互いに投げあった。和菓子の材料は意外と重い。水の入った鍋も、業務用の蒸し器も、つきたての餅もずっしりと重いものばかりだ。それを毎日運んでいるから腕力は自然とついてくる。そんな力で思い切り投げられる枕はなかなかの破壊力だった。

「この……!!」

受け止めた枕を投げ返し、落ちているクッションを拾う。タオルケットを盾にして果敢《かかん》に戦っていると、枕の一つが小林の顔面に炸裂《さくれつ》した。

多喜次と柴倉は同時に「あっ」と声をあげ、そして、にやりとした。ここに一人、生け贄《にえ》を見つけたのである。

「覚悟！」

息を弾ませ枕を投げつける。後方に倒れた小林は放心したように天井を見つめ、次いで、すっくと立ち上がった。両手には枕がしっかりと握られていた。シャツの上からでもわかるほど細い体だ。だが、意外と腕は筋肉質だった。その腕が同時に持ち上がった――と、その直後、脳髄《のうずい》が揺れるほどの衝撃が襲ってきた。多喜次はなんとか踏みとどまり、柴倉は投げつけられた枕の勢いを殺しきれずに壁にぶつかっていた。

「や、やるじゃないか……!!」

強敵に多喜次がタオルケットを構える。デスクワークを続けていた彼に負けるわけがないという自負があった。が、敵は思った以上の戦力を内在していた。細い腕はムチのようにしなり、タオルケットではその威力を殺しきれなかった。

「し、柴倉、こいつ強いぞ！」

「脇が甘いんだよ、タキ！　腰落とせ！」

枕を拾って黙々と投げてくる小林に多喜次と柴倉が青くなった。共同戦線を張るも、枕を拾う隙《すき》すら与えてくれない。汗だくになって遊び、三人はそろって布団に転がった。窓辺に扇風機を移動させ、外の空気を取り込むようにスイッチを入れる。

「小林さん、力あるんですね」

柴倉が声をかける。完膚《かんぷ》なきまでの全敗ぶりは、小林の腕力と反射神経ゆえだろう。

「高校大学と、剣道部だったから」

「け、剣道部……だからか！　上腕《じょうわん》二頭筋以外で俺が勝てる場所ないのに！」

多喜次は悲鳴をあげる。重いものを難なく運んだり、銭湯でも細身のわりには腕が筋肉質だと思ったが、まさかそんなオチだったとは。悲しみのあまり布団に突っ伏した。

「え？　ど、どうしたの？」

「あー、小林さんは気にしなくていいですから。タキは加点の少ない人生歩んでるんで、考え方がちょっと卑屈なんです」

柴倉のひどい言い回しを否定することさえできないところがまた辛い。多喜次が落ち込んでいると「そうかな」と小林の声が小さく聞こえてきた。

「素直に愚痴《ぐち》を言えるって、大切なことだと思うけど」

続いた声に、多喜次は少し複雑な心境になった。愚痴を言えずにため込んで、小林は結局すべてを放り出してしまった。多喜次は我慢が足りないが、我慢しすぎることもプラスにならない。不器用な人間には生きづらい世の中だ。

空気の入れ換えが終わると、施錠《せじょう》をして就寝することになった。

多喜次が目を覚ましたのは、例によって例のごとく蒸し暑さのせいだった。なんとかしないと朝までにひからびてしまいそうだ。

「水」

むくりと起き上がった多喜次は、小林がいないのを見て慌てた。タオルケットを蹴り上げて部屋を飛び出し、階段を駆け下りる。枕投げをして少しすっきりした顔をしていたから、多少はストレス発散になったのではないかと考えていた。けれどそれが間違いだった。もっと気をつけなければならなかったのに――そう思って一階にたどり着いた多喜次は、店内にぼうっと浮かび上がった白い影にぎくりと足を止めた。

小林が天井を見上げて立っていた。否《いな》、天井ではない。彼が見ていたのは、太く立派な梁《はり》だった。

「あれなら折れないかな。椅子もあるし、ロープをかけて、……悪くないよなあ、ここ」

多喜次を見ることなく小林はつぶやく。双眸《そうぼう》からは生気が抜け落ちたままだ。

こんな顔をして死を語る人もいるのだと、多喜次ははじめてそう痛感した。静かな月夜のような、音のない世界のような、感情の起伏の一切を感じさせない横顔。昼間、ライフワークと言ったように、彼の死は生の延長線上にあるのだ。

死に、取り憑《つ》かれているみたいだった。

「……だけど、ロープがないんだ」

ぽつんと続く言葉。それは、ここで死んだら迷惑がかかると自分自身に言い聞かせているかのような響きが込められていた。

「まだ暗いから、部屋で休みませんか?」

とっさに敬語で声をかけると、小林は洞穴《ほらあな》みたいな目で多喜次を見た。

3

多喜次は周りから〝前向き〟と言われるタイプだ。熱血だとか、単細胞だとも言われる。

悩みは多いがとにかく前に進まなければ話にならない、そう考える不動のプラス思考の持ち主でもある。

だから、小林をどう扱っていいのかわからない。放っておけないとは思うが、人生相談なんて荷が重すぎる。

「家族に相談⁉　でも父さんは個人の問題だって言うだろうし、母さんは騒ぐだけで役に立たないだろうし、兄ちゃんはそういうの興味ないだろうし。やっぱ警察？　いや先に小林さんの家族に連絡しなきゃいけないんじゃ……」

鳴り響く電話にはっとする多喜次を渋面の祐が手招いた。

「連絡は入れてある」

「え？　そうなんですか？」

連絡を入れただけで家に帰さなかったということは、祐なりに考えがあるのだろう。祐雨子が電話を取る姿を見つつそう納得していると意外な質問が返ってきた。

「お前、今日は学校休みだったよな？　なにか予定あるか？　ないならちょっとつきあえ。都子《みやこ》、携帯貸してくれ。でかけてくる」

いくら夫婦でも、携帯電話の貸し借りなんて普通しないんじゃ——とは思ったが、緊急用として持っていくらしい。隠し事がないのはいいことだと多喜次が感動していると、祐は祐雨子と柴倉に「あとは頼む」と声をかけ、多喜次に顎をしゃくってから小林の背をぐいっと押した。え、と、小林が困惑するが、お構いなしに裏口から店を出て、営業車であるバンのリアシートに小林を押し込んだ。多喜次もその隣に腰かける。

「どこに行くんですか？」

警察か、それとも小林の家か――緊張しながら尋ねたが、祐は「ちょっと遠出《とおで》だ」と答えるだけだった。国道は通勤車が多いのか思った以上に混んでいた。制限速度よりはるかに遅いスピードで走り、しばらくすると県道に入る。民家を抜け、稲穂を揺らす田畑を抜け、農道を走ってさらに先へ。

「……どこ？」

まばらな民家に一面の畑。のどかを通り越し、絵画の中に迷い込んだかのような光景だった。小林家に向かっているのかと隣を見るが、どうやらそれも違うらしい。小林の表情も困惑に揺れていた。

祐が運転するバンは、広い庭を有した一軒の平屋の前にとまった。築百年と言われても納得しそうな古びた家だ。古民家という情緒から程遠く思えるのは、色あせた瓦《かわら》に錆《さ》びたトタンが打ち付けられた壁が目につくためだろう。門はなく、低木と柿の木がかろうじて庭と畑を区切っていた。

祐が車から降りたのを見て多喜次も小林とともに車外へ出る。外は思った以上に冷たくすがすがしい風が吹いていた。アスファルトで熱せられた風と雲泥《うんでい》の差だ。思わず安堵の息が漏れていた。

「おはようございます。蘇芳です。いらっしゃいますか？」

祐がずんずんと庭を横切り、いきなり玄関の引き戸を開けた。『山ノ内《やまのうち》』という表札と郵便受けはあるのに呼び鈴がない。泥棒だ、空き巣だと騒ぎになっては防犯を呼びかけるのが日常となっている昨今《さっこん》、こんな家があるのかと多喜次は素直に感心してしまった。

「ん？　あれ、山ノ内って……」

聞いたことがある名前——そう思ったとき、「あら、つつじ屋さん」と背後からのんびりと女性の声が聞こえてきた。麦わら帽子に派手な布地が縫い付けられた個性的な帽子をかぶり、これまた派手な柄の割烹着《かっぽうぎ》を着た八十歳をすぎていそうな白髪の老女がちょこちょこと小股で近づいてきた。モンペを穿《は》いている。しかも足は地下足袋《じかたび》だ。

「……農家の山ノ内さん……!!」

小豆の送り状に毎回書かれている名前だ。高齢というのは知っていた。小豆は変色したり虫食いがあったりして使う前にきれいに掃除しなければならなかった。だから『農家の山ノ内さん』の目はそうとう悪いのだという認識だったが、この年齢なら致し方ないだろう。老女の後ろからやってくる男性はさらに高齢で、小柄なためか長袖《そで》のシャツはぶかぶか、ズボンの裾《すそ》は幾度か折ってあった。備中鍬《びっちゅうぐわ》と呼ばれる木製の柄《え》に櫛歯《くしば》状の金物が取り付けられた土を掘り起こす農具を背負う彼は、老女と同じ地下足袋で、麦わら帽子を浅くかぶっていた。

「これから朝食ですか？」

「仕事に行って、メシ食って、もうひと仕事して戻ってきたところだよ。暑いのはかなわんからね。夏の畑仕事は早朝でないと」

時刻はまだ九時である。祐も早朝に働くが、どうやら山ノ内夫婦も和菓子屋と同じで朝は早く、日の出とともに畑に出るらしい。よく日に焼けた黒い顔に笑い皺《じわ》をしたため、山ノ内夫婦は多喜次と小林を見た。

「じゃ、よろしくお願いします」

祐は山ノ内夫婦に向かって深々と頭を下げた。

「いやこちらこそ、助かるよ。つつじ屋さんにはいつもお世話になりっぱなしで」

「いえいえ、こちらこそ。山ノ内さんあっての『つつじ和菓子本舗』ですから。じゃあ頑張れよ、タキ、小林。適当に迎えに来るからな」

「え？　は⁉　ちょ、おやっさん⁉」

ぱっと手を上げた祐は颯爽《さっそう》と遠ざかり、車に乗り込む。エンジンをかけるなり走り出した車を茫然《ぼうぜん》と見送っていると小林に当惑の眼差しを向けられた。

「……ど、……どう解釈したら……？」

「さあ」

首をかしげてから山ノ内夫婦を見る。にこにこと近寄ってきた彼らはちょうどいいと言わんばかりに二人を手招いた。連れていかれたのはトラックと普通乗用車が一台ずつとめてある車庫だった。脇に色とりどりの袋がずらりと積まれている。

「これをね、一輪車に乗せて、倉庫まで運んでくれるかね」

「……一輪車っていうと……」

一瞬、サーカスを思い出した。車輪が一つだけある自転車は曲芸のイメージだった。しかし当然ながらそちらではなく、指し示されたのは荷物をのせることに特化した、輪が一つだけ取り付けてある茶色い手押し車だった。運ぶ袋は一つ二十キロ。鶏糞馬糞《けいふんばふん》、樹皮《バーク》からはじまる土壌《どじょう》改良用とおぼしき品が大量にあった。品名はどれも馴染《なじ》みのないものばかりだったが、どうやらすべて畑で使用されるものらしい。二十キロなら普段から持ち上げている重さだ。しかし、一輪車に乗せるとバランスを取るのが難しく、数袋積むとへっぴり腰で運ぶことになった。

「小林さん、元剣道部なだけあって、腕力すごいっすね」

そういえば年上だった、と、再び思い出して敬語で声をかけてみる。

「働くようになってからも筋トレは趣味でやってたからね。でも、荷運びはしたことないからなあ。あ、あ……‼」

よろめいた小林の一輪車が横転する。どうやら落ちていた石に乗り上げてしまったらしい。大丈夫かと近寄ってくる山ノ内夫婦に平気だと返し、なぜこんなことになったんだという疑問も忘れて黙々と袋を運んだ。終わると麦茶を出され、喉を潤したら今度は農具の手入れが待っていた。

「使う前に水につけておいたりするんだけど、ほら、毎回じゃ大変だから」

夫――山ノ内和敏《かずとし》の言葉に妻の希和子《きわこ》はうんうんとうなずいて、「あら買い物に行かなきゃ」と軽トラで颯爽と出かけてしまった。

「風がないから除草剤をまいてくれるかね。エンジン積んでるからね、ちょっと重いよ」

噴霧器の本体だけでもなかなかの重量だが、それに除草剤が入るからなお重い。しかもかなり騒がしい。マスクとタオル、古い麦わら帽子を渡されて、小林と大騒ぎしながら指示された場所に除草剤をまいて回ると、もうそれだけでくたくたになっていた。

「……の、農家ってこんなに体力いるの？」

「退職後に優雅に農業って、絶対無理だから……!!」

　家庭菜園ならなんとかなるかもしれないが、本格的に取り組もうというのなら、若いうちからはじめないととても体がついていかない。とくに夏の日差しは凶器だった。涼しいと思っていたのははじめだけ——今はもう、すっかり汗だくになっている。

「お昼にしましょうかねえ」

　日陰《ひかげ》で項垂《うなだ》れていると、買い物から帰ってきた希和子が声をかけてきた。風鈴が優雅に揺れはじめた縁側に、木をくりぬいて作った器に大量のおはぎがのっていた。添えられているのは福神漬けらしい。かたわらに麦茶。ワケギの味噌《みそ》あえもどんぶりいっぱいに用意されている。取り箸《ばし》がないところが、人と人との距離の近さを感じさせた。

「うちで取れたものばかりよ。どうぞ」

　お茶を一気にあおったあと、すすめられておはぎを取り皿にのせる。一口齧って、多喜次は口いっぱいに広がる素朴《そぼく》なあずきの味に感動した。ほどよい甘さのあずきは、柔らかく炊いて潰《つぶ》したもち米に絡み、より一層風味を引き立てる。同じ小豆から作ったもののはずなのに店とはまるで違う味がした。荒削りだがダイレクトに素材の味が舌を刺激する。祐が惚《ほ》れ込む意味がわかる。惚れ込んだからこそここの小豆を長年使い続けているのだ。

「……うまい」

おはぎを見つめ、ぽつんと小林がつぶやいた。和敏が深々とうなずく。

「きれいな水とお日様、あとは風だな。小豆は気難しくて、同じ土地で連作はできない。土も、肥えすぎても、痩せすぎてもへそを曲げる。だからよく見てやって、わが子同然に手間暇かけるんだ。秋になったら実ったものから一房ずつ収穫して選別し、光をあてて乾かす。両手いっぱいの小豆は、そりゃあ美しいもんだ。宝石だって敵《かな》わない」

満足げな声は深く心に沁《し》みてくる。「大変なんですね」と小林が返すと、「仕事に楽なものはないよ」と笑った。

「けどな、農業の面白さは随一《ずいいち》だ。七十年やって、まだまだ自分は半人前だと思う。新しい品種がどんどん出て、新しい肥料も、農薬も出てくる。虫だって進化する。なにが合うかはわからない。育てる環境、その年の天候、同じ土地でも砂地だと育ち方がまた違う。だから毎日試行錯誤《しこうさくご》だ。この歳になっても勉強しなきゃならないことばっかりだよ。だからこそ面白い。これはわしらの一生の仕事だよ」

誇らしげなその顔がまぶしくて、多喜次は目を細める。まっすぐに仕事に打ち込む人はどうしてこんなに格好いいんだろう。知らなければ知らないまま終わってしまう日常は、尊いものが複雑に絡まってできているのだ。たった一粒の小豆の中にいろんな思いがぎゅっと凝縮されているのだと思うと身が引き締まる。

小林は神妙な顔でおはぎを見ている。一口ずつ大切そうに頬張って、すすめられるままワケギの味噌あえも食べる。少し彼の顔色がよくなっている気がして、多喜次はそっと息をついた。

「ごちそうさまでした」

腹一杯になったところで箸を置く。和敏は「じゃあちょっと休むか」と縁側でごろんと横になるといびきをかきはじめた。日中のとくに暑いうちは無茶をしない。それもまた、無理なく働くためのコツであるらしい。

「でも、忙しい時期は明け方から日の沈む時間まで、ずっと働きづめのときもあるんですよ。そういうときは、夢の中まで仕事をしているの」

希和子はそう言って笑った。そして、ふっと遠い目をする。

「もうそろそろそれもおしまいね」

「え?」

「歳でね、体のいろんなところにガタがきちゃってるの。この人も平気そうな顔をしているけど、痛いところばっかりなのよ」

「――どうしてそこまでするんですか?」

小林の声は固かった。思いつめたような眼差しを、希和子はまっすぐ受け止めておらかに微笑んだ。

「なぜかしらねえ。心のありようかしら。同じように疲れていても、不満を感じていれば心に溜まるけど、充実感があれば体に溜まるものでしょう。体の疲れはね、おいしいものを食べてゆっくり休めばやわらぐんですよ」

それでも寄る年波には勝てないのだけれどね、と、希和子は小さくこぼした。

「……俺は、心が疲れてたのかな」

食器を片づけ、流し台に向かう小さな希和子の背中を見送ったあと、小林は和敏の隣にごろんと転がった。

「毎日疲れてて、朝から晩まで仕事のことばっかりで、……そんな日常から解放されても疲れが取れなくて、なにもする気が起きなくて……」

言葉が途切れる。小林は多喜次に背を向けた。眠っていないのはわかったが、多喜次は声がかけられずに押し黙っていた。


仕事の再開は二時からだった。

「土作りに藁《わら》を混ぜ込むんだ。運搬車に藁束を運んでくれるか?」

三時が一番暑い時刻なのでは、という疑問をぐっと呑《の》み込んで、多喜次は小林とともにビニールハウスに詰め込まれた藁束を見た。藁束はどう見ても円筒形の巨大な塊《かたまり》だった。訊けば、専用の機械で圧縮して巻いてあるらしい。持つとずっしりと重く、幅が広いためにバランスも取りづらく、恐ろしく持ち上げにくいものだった。

「あの、あそこに猫が」

小林がビニールハウスの外で整列している猫を指さして首をひねると、和敏がタオルで汗を拭きながら「ネズミが目当てだよ」と答えた。

「ハツカネズミがここで巣を作るんだ。見つけたら猫に投げてやると退治してくれる」

「ネズミ⁉」

「ドブネズミやクマネズミみたいなデカいのじゃない。小さなやつだ。噛まれんようにな」

幸い猫が喜ぶ事態にはならず、藁束は順調に積み込みを終えた。のんびりと農道を行く運搬車の後ろをついて行くと、畑の一面を希和子が耕運機《こううんき》で耕していた。近くに鳥が待機して、耕したところから群がっていく。

「ああやって、虫を捕ってるんだ」

運搬車を農道にとめ、和敏が説明する。鳥の賢さにも驚いたが、希和子が耕運機を器用に扱うのにも驚いた。ああいう仕事は男がやるものだとばかり思っていたせいだろう。

「慣れれば誰でもできる。やってみるか?」

車ですら初心者マークがはずれていない多喜次は不安を覚え断った。

「え、いや、俺は……」

「少し、乗らせてもらってもいいですか?」

意外なことに小林が興味を持ち積極的に挙手した。

簡単に説明を受けて一列だけ耕したところで休憩になった。

たった一時間しか仕事をしていないと遠慮したが、休憩するのも仕事のうちだと、あずきの沈んだくずきりを差し出された。保冷用のカバンに保冷剤と一緒に入れてあったためかキンキンに冷え、口に含むととろけるほどにうまかった。汗が引く。麦茶もうまい。それから六時までみっちり働くと、体はすっかり疲労してふらふらになっていた。

夕飯には豆の風味が豊かな赤飯《せきはん》が出た。くたくたに煮込んだナスの入った味噌汁に干物、だし巻き卵と、どれもこれも昔ながらの和食といった品で感服する味だった。

「小林くんは細いのに力があるな」

晩酌《ばんしゃく》で顔を赤らめながら和敏が上機嫌に告げる。すすめられた酒を断る小林を見て多喜次はそっと視線を逸《そ》らした。唯一の自慢である上腕二頭筋は、小林の前では形無しだった。

ひっそり項垂れると小林が「いえ」と首を横にふった。

「俺なんて淀川くんと違って体力がないからすぐにバテちゃうし、全然です」

酒を断られたことに気を悪くする様子もなく、和敏は手酌で酒を足した。

「体力があって無茶ができるのは若いうちだけだ。コツはな、適度に力を抜くことだよ。無理はしない。疲れたら休む。大切なことだ。でも、これがなかなか難しい。もうちょっと、もう少し、そんなことを言ってるとずるずるやっちまう。そうするとやめどきがわからなくなる」

「……やめどき」

「疲れたら、ぽーんとやめちまう。明日やれることは明日やればいい。今日どうしてもやらなきゃならんことだけやっちまったら一服するのさ。なあ、簡単だけど難しいだろう」

じわり、と、小林の目元に涙がにじむ。

「難しいです」

答える声は弱々しかった。和敏は優しい目でうなずいた。

「だなあ。わしもそれで無茶をした。体を壊して、これじゃだめだと思った。だめだと思ったところからまた考えればいい。そういうもんさ。まだまだ先は長いんだ。ちょっとくらい立ち止まったって、誰も文句は言わねえさ」

柔らかく笑いながら和敏が小林に酒をついだコップを再び差し出す。今度は素直に受け取った。迷うようなそぶりのあと、ぐいっと飲み干し、勢いで目元をぬぐった。

「うまいですね」

「仕事のあとは格別だろ。淀川くんは……」

「十八です。十月に、十九歳」

「また今度な」

学生の頃、周りにいたのは同年代の学生ばかりで頻繁に接する大人は家族と先生くらいしかいなかった。だが、高校を卒業したらあっという間に状況が逆転した。今では専門学校ですら自分よりずっと年上の生徒が多く、和菓子屋ではなおのこと目上の人に接するのが当たり前になった。そしてそのたびに自分が子どもなのだと思い知らされるのだ。

うまそうに酒を酌み交わす二人を見て、多喜次は一人溜息をつくのだった。


少しへこみがちだった気分が急浮上したのは、古めかしい風呂で汗を流し、借り物の浴衣で夕涼みをしている最中だった。

電話が鳴ったのだ。

しかも、祐雨子の携帯電話からの着信だった。

「も、もしもし⁉」

声が完全に裏返った。なにせ彼女から電話がかかってきたことは皆無——記念すべく初着信だったのである。

『こんばんは、多喜次くん。今、大丈夫ですか？』

「え、うん。大丈夫だけど……？」

祐雨子からならいつだって大歓迎なのに。そんな言葉が口をつきそうになり、慌てて呑み込み無難に返す。ほっと受話口からかすかな息づかいが聞こえてきた。

『大丈夫ですか？』

改めてかけられた疑問符は、さきほどとは少しニュアンスが違う気がした。どう答えようかと考えあぐねていると、

『お父さんが、多喜次くんたちを山ノ内さんのところになんの説明もなく置いてきたって聞いて』

そんな言葉が続いた。確かに祐から説明はなかった。頑張れという一言を残し、颯爽と去っていったバンを思い出して多喜次は苦笑いする。

『山ノ内さんは人生の先輩だから任せておけば大丈夫って自信満々だったんです。でも普通、見ず知らずの人を引き合わせるときは、ちゃんと説明しますよね？』

「あー、ああ、すると思うけど」

　思うけど、事情を知っていたら山ノ内夫婦に変に気を遣われていたかもしれない。きっと小林は、それを負担に感じてしまう類の人だ。言われたことをきっちりとこなそうと神経を張り詰め、周りに気を使い、自分からいろんなものを背負い込んで呼吸の仕方を忘れてしまう——真面目で融通が利かなくて、純粋な人。力の抜き方を知らないことは、昨日、雑用を頼んだときの几帳面《きちょうめん》さからうかがうことができた。

「今回は、おやっさんの判断が正しかったと思う」

『そうなんですか？　あの、それで、小林さんはどんな感じでしょうか？　元気にしてらっしゃいますか？　辛そうにしてはいませんか？』

「うーん、どうかな。疲れてるとは思うけど」

『疲れてるんですか!?　思いつめている感じですか!?　精神的に疲弊《ひへい》しているなら一度戻ったほうがいいかもしれません！　タクシーを呼びますか!?』

　なんだか祐雨子の反応が過剰だ。確かに昨日の小林を見ていたら不安になる気持ちも十分わかるが、それを差し引いても食いつきがよすぎる。

「なにかあった？」

『え？』

「なんか、様子がおかしいけど」

『あの』

祐雨子は少し口ごもる。まさか、と、多喜次はいやなことを思い出した。あの悪夢が正夢なんてオチじゃないだろうな。実は一目惚れをしてしまっただとか、あの腕力に将来を見いだしただとか、そんな展開は――。

『一時間おきに電話がかかってくるんです』

「だ、誰から？」

『小林さんのお母さんからです。昨日の夜に小林さんが店にいると伝えたら、それからずっと繰り返しお電話が』

昨夜も店の電話が鳴った。それは小林の母からだったらしい。

『今日は一日中小林家専属の電話番をしていました』

相当に疲れたらしく、祐雨子の返答もなんだかおかしかった。

恋人と紹介される可能性はなさそうだと多喜次が安堵に全身から力を抜く。同時に小林への同情を禁じえなかった。

背景を考えれば致し方ないとはいえ、そうして監視され続けることは小林の性格からして息苦しかったに違いない。互いに互いを縛り付け合う関係はどちらにとってもプラスにはならない。けれどそれは、第三者である多喜次の考えである。

体を動かして汗を流し、自然の恵みをいっぱい受けて育った食べ物を嚙みしめる――小林のそんな姿を思い出し、多喜次は静かに目を伏せた。

「今は、そっとしておいたほうがいいと思う。小林さん、息抜きの仕方を学んでる最中だから」

多喜次の言葉に、祐雨子は『息抜き』と小さく繰り返す。

『それは、とても大切なことですね』

「息抜きとサボることって、似てるようで違うんだよな。まあ小林さんの場合はサボるのも下手そうだけど。――でも、たぶん、大丈夫」

『そう……ですか』

ほっと祐雨子が小さく息を吐き出す。

『多喜次くんがそばにいてくれてよかったです』

全幅《ぜんぷく》の信頼だ。嬉《うれ》しそうに微笑む祐雨子の笑顔が容易に想像できて、多喜次はよろよろとその場に座り込む。好きな人に頼りにされることほど嬉しいことはない。ますます張り切ってしまいそうな自分に気づいて多喜次は咳《せき》払いする。

『それじゃ、おやすみなさい、多喜次くん』

「は、はい、オヤスミナサイ」

しまった、今の会話を録音しておけばよかったと、多喜次は携帯電話を握りしめて項垂れる。可能なら、『おはようございます』と『頑張ってください』あたりの声ももらえたら、一生の宝物になるだろう。

「す、好きですとか、も、いいよなあ。言ってくれないかなあ」

通話を終え、一人妄想に耽《ふけ》っていると、せっかく夕涼みをしていたのに体温が無駄に上がってしまった。

九時をまわってから、多喜次はようやく明日も早いことを思い出して客間に戻った。エアコンのない客間が涼しかったのは網戸になっていたからである。天井からは古風な蚊帳《かや》が二つつるされ、それぞれに布団が敷いてあった。

奥の布団にはすでに小林が横になっていた。眠っていないのはすぐにわかった。

「眠れないんですか？」

年上、年上、と念じながら声をかけてみた。

「ん」

生返事の彼は、自分の指先をじっと見つめていた。差し込む月の光に照らし出された指先には、赤い粒がある。

「それって、小豆？」

「……仕事ってなんだろうなあ。自分がなんとかしなきゃって必死で働いて、それで自殺未遂までしたのに、仕事をやめても会社はちゃんと機能してるんだ。だったら俺が頑張った意味はなんだったんだろう。……山ノ内さんが頑張る意味はなんだろう」

散漫な問いをそのまま言葉にしているようなぼんやりとした口調だった。多喜次はどう答えていいかもわからずに、小林の隣の蚊帳をめくって布団にごろりと横になる。

小林は長いこと、小豆を見つめていた。


ピピピッと、電子音が鳴り響いた。

あ、牛車《ぎっしゃ》が来たのでもう帰りますね。

十二単《じゅうにひとえ》の祐雨子がなんの躊躇《ためら》いもなくあっさりと告げる。歌合《うたあわせ》に来て、なぜそんなシンデレラみたいなことを言って去っていこうとするのか。御簾《みす》の向こうから聞こえてくる衣《きぬ》擦《ず》れの音に多喜次は仰天した。せめて返歌を――と、身を乗り出して御簾を摑む。

すると、派手な音をたてて御簾がふってきた。

「ぎゃ……!?」

目を開けると視界が白くかすんでいた。うおおおっと声をあげて払いのけ、ようやくそれが御簾ではなく蚊帳であることに気づく。天井からぶら下がっていた蚊帳の糸がはずれていた。

「悪夢……いやでも、十二単の祐雨子さん！　あ、返歌もらえてない！」

そもそも自分が詠《よ》んだ恋の歌さえ記憶にない。十二単だって御簾に邪魔されてよく見えなかった。これじゃ生殺しだ。

ぐったりしつつアラームを切った多喜次は、何気なく隣の蚊帳を見た。

「……え……？」

きれいにたたまれた布団。近くに小林の姿はない。

昼間、体を思う存分動かした小林は、夜にはすっきりした顔をしていた。夕飯のときだって、彼の心が動いているのが見て取れた。

けれど眠る直前、彼はまた思いつめたような表情をしていた。

月光に照らし出された青白い横顔を思い出し、多喜次は乱れた浴衣を直すのも忘れ部屋を飛び出した。

「小林さん！　どこですか、小林さん……!!」

声を張り上げ引き戸を開ける。ここは農家だ。丈夫なロープは大量にある。運悪くロープを見つけた彼が天井からぶら下がっていたら——恐怖が多喜次の動きを鈍らせた。

引き戸を開けるその瞬間、どうしても躊躇ってしまう。

しかし、そんな多喜次の不安をよそに、どの部屋にも小林の姿はなかった。

まるで狸《たぬき》に化かされたかのようだった。

「なんでいないんだ？」

家の中には不自然な静寂《せいじゃく》が満ちている。視界がずいぶん明るいことに気づき、多喜次は窓の外を見る。東の空に瞬いていた星は日の光に呑み込まれ、今はその姿を見つけることすらできない。そして、西の空にわずかに残った闇《やみ》が、名残惜しいと言わんばかりに居座ってかすかに瞬いている。

多喜次は裸足《はだし》で外に飛び出した。

「小林さ……」

声が途切れる。柿の木を抜けたその向こう、影が三つ、折り重なるようにして集まっていた。小林どころか山ノ内夫婦も室内にいなかったことを、多喜次はこのときになってようやく気づいた。

折り重なる影の中、はじめに体を起こしたのは和敏だった。彼は旺盛《おうせい》に茂った葉の中から丸い玉を持ち上げる。濃い緑に、黒い縞《しま》模様。まだ蔓《つる》に繋がったままのスイカである。

それを見て目を丸くしたのは小林で、満足そうにうなずいたのは希和子だった。

多喜次は呆気《あっけ》にとられた。

スイカを受け取りよろめき、小林はその重さに笑顔になった。頭上に広がる青空のような、実に晴れ晴れとした笑顔だった。

へたりと多喜次はその場に座り込む。

「あー……びっくりした」

安心すると同時に、へっぴり腰で部屋を開けて回っていた自分の滑稽《こっけい》さに脱力した。

多喜次はしばらくのどかな光景を眺めたあと、こっそりと足を洗って部屋に戻り、着替えをすませ、なにごともなかったかのように三人と合流した。

仕事を終えて食事をとった頃、祐が再びバンで山ノ内家に訪れた。

――その日、車に乗り込んで帰途についたのは多喜次一人だった。


「え、小林さん、あれからずっと山ノ内さんのところにいるの!?」

数日後、祐雨子が教えてくれた。小林が山ノ内家に住み込みで働くようになったことを。

小林の両親はかなり渋ったらしいが、数日に及ぶ話し合いの末――なにより小林自身の強い要望で、農業を手伝うことになったのだそうだ。

「プログラマーのほうが儲《もう》かるのにもったいない」

「柴倉、お前ちょっと露骨すぎるだろ」

多喜次は思わずたしなめる。

「農業なんて収入安定しないし、人件費めちゃめちゃ安いし、重労働だし休みはあってないようなものだし、経費かかるしいいとこないだろ」

「お前本当に身も蓋《ふた》もないな」

多喜次が山ノ内家で経験したことを話して聞かせたら、柴倉の中の過酷な仕事リストに農業がインプットされてしまったようだ。

「収穫したばっかりの野菜が食べられるんだぞ！」

「それだけが報酬とか超ブラックじゃないか」

「け、健康になれる！」

「運動くらい自力でできるし」

多喜次のフォローを柴倉が華麗にかわしていく。歯がみしていると祐雨子が苦笑した。

「でも、不思議なご縁ですよね。山ノ内さんはお子さんがいらっしゃらなくて、後継者は絶望的だったはずですし」

「だからって、二十代で農家はないです。俺絶対だめ」

「一回やってみろ、柴倉。癒《い》やされるから。……でも、小林さんが農業選んだのはあれが原因かも」

ふと思い出したのは、蚊帳の中で小林がじっと見つめていた一粒の小豆だった。

「食わせてもらったおはぎが、めちゃくちゃうまかった」

「――なにそれ」

「ホントだって。あずきがあんなにおいしいって思ったことないし。それがもう食えないなんて、もったいないだろ」

多喜次が胸を張って断言すると、柴倉は呆れたように肩をすくめ、祐雨子が小さく笑った。どうやら本気にしてもらえなかったらしい。

「マジでうまかったんだからな⁉」

「ふーん、でも俺、小豆は嫌いだし」

「おはぎの餡《あん》は特別なんだよ！」

熱く語ると柴倉がすうっと目を細めた。

「……タキ、知ってるか？」

「な、なにが」

「おはぎって、秋の呼び方だってこと」

柴倉の一言に、多喜次はちょっとムッとした。曲がりなりにも和菓子職人を目指す人間に野暮《やぼ》な質問をする。潰したもち米を餡でくるんだシンプルな食べ物は、季節を問わずおはぎと呼ばれる。もっともそれは最近のことで、本来は別の呼び名が存在する。

「春はぼた餅だろ」

「そうだよ。じゃあ、夏はなんて言うと思う？」

「え？　夏？」

「冬の呼び方もある。意味としては、全部一緒。ヒントは半殺し」

「は……!?」

なにそれ知らない、と、多喜次は祐雨子を振り返る。困ったような笑みに多喜次はますます混乱する。とっさに携帯電話を取り出すと、「検索禁止」と柴倉に止められた。

「言葉遊びだよ。和菓子職人目指すならこのくらいのこと思いつかないと」

「四季で呼び方があって、ヒントが半殺しで、意味が一緒？」

「あー、夏と冬だけ一緒」

「よけいわかんないよ！」

「はいはい、頭使ってー。あ、いらっしゃいませ！」

汗だくの親子が熱気を引き連れて店に入ってくる。見た目にも涼しげなくずきりやわらびもち、錦玉羹を見て目を輝かせた。

「ぼた餅の由来が牡丹《ぼたん》で、おはぎは萩《はぎ》？　ってことは、植物？　でも半殺しってなに？」

営業トークを炸裂させる柴倉を見ながら多喜次は首をひねる。結局答えはわからずに、お礼と事後報告を兼ねてかかってきた小林からの電話に泣きつくことになった。

『ああそれはあれかな。夏は夜舟《よふね》で、冬は北窓』

案外あっさりと返ってきて多喜次は仰天した。こういう雑学を仕入れることができるなら、山ノ内夫婦との関係は良好なのだろう。安堵しつつ前のめりになる。

「な、なんで夜舟と北窓⁉」

店内に柴倉はいない。今がチャンスとばかりに鼻息荒く尋ねると、小林は少し言いよどんでから答えてくれた。

『餅を搗《つ》けばうるさいけど、すり潰すと静かだよね。だから、近所でもいつ搗いたかわからない。同じように、夜にやってきた舟も静かだからいつ着いたかわからない。その二つを掛け合わせて夜舟って言うらしいよ』

「ほ、ほうほう。語呂《ごろ》合わせ的な？」

『北窓はもっと簡単で、もち米を搗かないから搗き知らずって言うんだ。搗きを夜空の月に置き換えて、月知らず。北の窓からは月が見えないって意味』

どちらも洒落《しゃれ》をきかせた言葉遊びだ。多喜次は大きくうなずいた。

「了解！」

『でもこれは、いろんな説があるんだよ』

ヒントの『半殺し』も餅のように『搗かない』という点にかかっていたらしい。

「助かりました、小林さん」

『どういたしまして』

ふふふっと、受話口から笑い声が聞こえてきた。もう彼にロープは必要ないだろう。それが伝わってきて多喜次も笑顔になる。

「小林さん、来年の小豆期待してもいいですか？」

『とびきりのものを届けるよ』

小林が答える。

『つつじ屋さんは、うちの小豆以外は、だめらしいからね』

続ける声は誇らしげだった。

第二章　夏景色

1

毎年、七月の最終週の土曜日に、そのお茶会は開かれていた。

恒例行事というものだ。

参加者は近所の親子連れが中心で、お茶に親しんでもらうだとか、和の心を学ぶだとかいう小難しい理屈は一切なく、暑いから休憩してもらおうと茶を振る舞ったのがはじまりであったらしい。やがて亭主《ていしゅ》の所作《しょさ》の美しさが噂《うわさ》になり、せがまれるまま夏の茶会が催《もよお》されるようになった。

噂では、亭主のファンクラブもあるのだとか。

そんなディープな茶会のために茶菓子を用意しているのが『つつじ和菓子本舗《わがしほんぽ》』だ。

「……っ……!!」

今世紀最大のミスだった。

運動神経には自信があった。なにせ小学校中学校高校と、みっちり運動部で鍛えたのだから。もっとも、高校で力を入れていた野球はレギュラーが絶望的とわかってすっかりやる気を削《そ》がれた。それでも、反射神経はいいほうだった。

そんな自負が間違いだったのかもしれない。

多喜次《たきじ》はよつんばいになって茫然《ぼうぜん》と玉砂利《じゃり》の上を見た。そこには、しつらえも美しい漆《うるし》塗りの箱が転がっていた。黒の中に鮮やかな赤の色彩。その赤に、寸分のくるいもなく完璧に作られた愛らしい『ひまわり』が並んでいた――もっともそれは、多喜次がバランスを崩した際、互いにぶつかり、あるいは外へ飛び出し、無残に崩れてしまっていたのだが。

多喜次の頭の中は真っ白だった。ただ、たった今起こったできごとを無意味に反芻《はんすう》していた。店を出るとき、祐《たすく》に「九時半までには必ず届けるように」と念押しされた。バンを駐車場にとめたとき、宅配業者の車から配達員が平たい箱を運ぶのが視界に入った。店に荷物を配達してくれる男だったので軽く会釈《えしゃく》を交わし、一緒に門をくぐり境内《けいだい》に入った。境内では、日傘を差した女の人が木陰《こかげ》で涼みながら話をしていた。子どもたちが楽しげに走り回る。玉砂利に何度か足を取られかけたのは就学前の幼い子ども。はらはらとしながらも和菓子を届けようと先を急いだ、そのとき。

前を行く配達員がよろめき、多喜次は「えっ」と間の抜けた声をあげていた。配達員の足にぶつかった子どもが倒れるのを見た瞬間、腰を落として膝《ひざ》の上に漆塗りの箱を置き、右腕で子どもを受け止めていた。ほっと息をついたとき、不吉な音が多喜次の鼓膜に刺さり、膝の上に置いたはずの箱が視界から消えていた。

二つ重ねていた箱のうちの一つが玉砂利の上に転がっていた。

持ってきた和菓子、七十個中、三十五個が犠牲になったのだとわかると、わんわんと泣き出す腕の中の幼児の声が耳の奥から遠ざかっていった。

やばい、そう思った。茶会は十時から。今の時刻は九時半。練り切りを準備するのにどのくらい時間がかかるだろう。クルミのストックはあっただろうか。

たとえすべてそろっていても、三十分以内に三十五個の和菓子を作るのは不可能だ。

「だ、大丈夫か？　怪我《けが》は？」

心臓をバクバクさせながら、多喜次はぐすぐすと洟《はな》をすする男の子にそう尋ねていた。

すぐに母親らしき女性がやってきて、何度も頭を下げた。

「俺は大丈夫です。あの、足下、危ないので気をつけてあげてください」

ぺこぺこと頭を下げながら去っていく母親にお辞儀をしていると、配達員と目が合った。

「あ、大丈夫ですか？」

「俺は平気です。それより、それ……」

配達員の視線は漆塗りの箱にそそがれていた。思わず顔をそむけたくなる惨状だ。いっそ逃げ出したい。かろうじて無事だった箱をそっと開けた多喜次は、和菓子の一部が衝撃で移動し崩れているのを認め、震え上がった。

半分どころか、三分の二はだめになっている。

「俺のほうから『つつじ和菓子本舗』さんに電話しましょうか？」

「い、いえ、俺がします。すみません、大丈夫です」

個人的に頼まれたものなら自力でなんとかしようと考えるが、今回は店で注文を受けたものだ。なにより多喜次の力でどうにかできる状況ではない。

携帯電話をポケットから取り出した多喜次は、奇妙な視線を感じて辺りを見回した。

そして、ぎょっとする。

白い着物に紫紺《しこん》の袴《はかま》を穿《は》いた、品のいい初老の男がじっと多喜次たちを見ていたのだ。白髪痩軀《そうく》、整った顔立ちが目を惹《ひ》く美形だ。ひらひらとふっていた木製の扇子《せんす》で口元を隠すなり、「ふむ」と声をあげパチンと閉じる。多喜次が困惑していると「宮司《ぐうじ》の榊《さかき》さん」と、配達員が耳打ちしてきた。宮司。つまりは神社の一番偉い人。

そして本日催される、ファンクラブまであると噂の茶会の亭主である。

「す、すみません！　ご注文いただいていた『ひまわり』ですが、こちらのミスでだめにしてしまいました！」

「まず名乗りなさい」

ぴしゃりと打ち捨てられて多喜次は狼狽《うろた》える。真っ赤になって深く頭を下げた。

「すみません。『つつじ和菓子本舗』の淀川《よどがわ》です」

「淀川？　ああ、ひよっこかい」

「え？」

「それで？」

続けろと言わんばかりに顎《あご》をしゃくられ多喜次は肩をすぼめる。痩身なのに妙な迫力があって、多喜次はすっかり萎縮《いしゅく》していた。

したたる汗は暑さのせいばかりではないだろう。

「あの、それで、ご注文いただいた和菓子を七十個お持ちしたんですが、半分以上だめにしてしまって……」

近づいてきた榊が膝を折って漆塗りの箱の蓋《ふた》を開け、すぐに眉をひそめた。細心の注意を払って運んできた和菓子の無残な姿に心臓が痛くなる。届けるまでが仕事なのに、最後の最後で気を抜いてしまった。

「こりゃ茶席には出せないねえ」

玉砂利の上に落ちていた一つを拾い上げ、榊は大仰《おおぎょう》に溜息《ためいき》をつく。

「申し訳ありません！　すぐに店に連絡を入れて……」

言葉が途切れたのは、扇子を懐《ふところ》にしまった榊が指先でなにかを払うような仕草をしたあと、ほいと和菓子を口に放り込んでしまったからだ。

「もったいない」

「なんで食べてるんですか⁉」

「だから、もったいないって言ってるだろ。耳が遠いのかい」

榊にじろりと睨《にら》まれ、多喜次は返答に窮《きゅう》する。美しい所作で立ち上がった榊は、「今から店に電話を入れても間に合わないよ」とにべもなく言い放った。

「だったら、他の和菓子を……まんじゅうなら、そろえられます」

「子どもが多いんだよ。もうちょっと賑《にぎ》やかなのにしとくれ。十時までに七十個、きっちりそろえられるかい？」

どう頑張っても無理な相談だった。多喜次が再び返答に窮していると、榊は踵《きびす》を返してすたすたと歩き出した。運動靴の多喜次より、草履《ぞうり》を履く榊のほうが足下がしっかりしている。多喜次は配達員と視線を交わしてから漆塗りの箱を拾い榊のあとを追った。

2

花城《はなしろ》駅の駅裏にある櫻庭《さくらば》神社はその名の通り境内に多くの桜が植えられていて、ご神木も桜の老木である。もともとこの一帯は桜がとても多く、ゆえに地名も花城というらしい。殿様が桜で町を埋め尽くすのだと言って植えさせた、そんな逸話が残る土地である。

榊は社務所《しゃむしょ》の裏に回ると多喜次たちを手招いた。表は御朱印《ごしゅいん》をもらうためのカウンターや、お祓《はら》いの受付、お守りや清めの塩などを置く売店があるが、裏口から入ると、そこはごく普通の事務所のように事務机や応接セット、給湯室が設置されていてなんとも俗物的だった。配達員は荷物を事務机にのせ、受領印をもらい心配そうな顔で社務所をあとにした。多喜次はというと、所在なくその場に立つばかりだった。

「誰か、すぐに和菓子をそろえられそうな店を知ってるかい」

事務所には男が二人、女が三人、いずれも和装で忙しそうに歩き回っていた。

「和菓子って、なにかトラブルですか？　もう皆様お見えですよ」

小太りで年配の男が心配そうに声をかけてきた。

「今回は七十個ですよね？　いきなりは無理だと思います」

次いで小柄な女が考えるように答え皆に視線を投げる。誰もが首を横にふった。

多喜次は漆塗りの箱へ視線を落とす。

無事な和菓子、少し形を整えれば出せそうな和菓子、全部合わせてもぎりぎり三十個といったところだろう。

「困ったねえ。どこかで干菓子《ひがし》でも調達してくるか」

「干菓子って和三盆糖《わさんぼんとう》ですか？　でも、それじゃあんまりなんじゃ……おまんじゅうは？」

「まんじゅう出したとき、結構残っただろ」

「ああ、そういうことありましたね。おいしかったのになあ」

――どうしてもっと周りに気を配れなかったのだろう。子どもが走り回って危ないことなんて、境内に入ってすぐに気づいたのに。もっと注意していたらこんな事態にはならなかったはずだ。なんとなく視界に入れて、なんとなくやり過ごしていたツケがこれだ。怠《たい》慢《まん》が招いた結果に多喜次はぎゅっと唇を噛《か》む。

「つつじ屋、もう帰っていいよ。あとはこっちでなんとかする」

榊に顎でしゃくられ、多喜次は激しく狼狽えた。

「で、でも」

「お前さんがここにいてもなんの解決にもならないだろう。ああ、代金がまだだったね。ちょっと待っててくれ、今用意を――」

「いただけません」

多喜次の即答に榊は目をすがめた。

握った拳《こぶし》にぐっと力を込め、多喜次は言葉を繰り返す。

「こんな状況で、いただくわけにはいきません。本当に、俺の不注意で申し訳ありませんでした！　なにか俺に手伝えることは……」

深く頭を下げたそのとき、さっき配達されたばかりの品物の伝票が目についた。

出荷先は茨城県、品名は青果。詳細は——、

梨。

「——水菓子」

果物は昔、水菓子と呼ばれていた。それらは茶席でも振る舞われることのある、立派な〝お茶菓子〟だった。

こくりと多喜次の喉《のど》が鳴る。

「あ、あの、その梨を、出しちゃだめですか⁉　お茶菓子として、梨を！」

顔を上げるなり勢い込んで尋ねる多喜次に、皆は戸惑ったように顔を見合わせている。

ただ一人、榊だけが「ほう」という顔をした。

「茶席に梨ねえ。しかし、どうかね。和菓子と比べるとどうしても見劣《みおと》りしてしまう。梨が悪いというわけじゃないんだけどねえ」

茶席という特別な場所でいただくなら、やはり和菓子がしっくり馴染《なじ》む。多喜次だって、和菓子と梨が並んでいたら、迷いつつも和菓子に手を伸ばしてしまうだろう。だがここは、

ぜひとも梨に軍配を上げてもらわなければならない。

「外、殺虫剤まいてますか⁉」

多喜次の問いに榊は怪訝《けげん》な顔をする。なぜそれを今訊《き》くのかと言わんばかりの表情で思案げに宙を睨んだ。

「最後に散布したのは二週間くらい前だけど」

「わかりました。大きめのお皿、白か、透明なものの用意をお願いします！」

多喜次は叫ぶなり建物を飛び出した。きっと社務所のみんなは意味がわからず呆気《あっけ》にとられているだろう。だが、説明している時間はない。多喜次は境内を走り回り、ぞくぞくと神楽殿《かぐらでん》に吸い込まれていく人々を見て青くなりつつも木を見て回る。どれもこれも桜だ。

多喜次は立ち止まり、神社なら高確率で植えてある木を探す。

秋には炎が舞い降りたように鮮やかに色づく一本を。

「あった……‼」

ようやく見つけたその木は、桜の木に埋もれるようにひっそりと枝葉を伸ばしていた。

多喜次はそこから色の濃い、形のきれいな見栄えのする葉を選んで何枚か取る。そして、荒い息をつきながら社務所に駆け戻った。

「こ、これ、飾り葉に使ってください！」

それは、ヤマモミジの葉だった。気の早い葉はもう紅葉の準備に入っていたが、幸い緑の濃いものが多く手に入った。みんなで手分けして梨を剝《む》き、きれいに洗った青モミジを散らした皿に見栄えよく盛る。

「間もなく十時です。榊さん、そろそろ移動をお願いします」

キリリとした目元の若い巫女《みこ》が声をかける。多喜次はさっと振り返った。

「俺がお茶菓子を運んでいいですか?」

「……そりゃ構わないけど、その格好で行く気かい」

「その格好……」

開襟《かいきん》シャツに黒のパンツ。これに腰下エプロンをつければ店に出るときの定番スタイルだ。榊がわざわざ問いただしたとなると、茶会の席では不自然なのだろう。

「……誰か、一揃《ひとそろ》え用意してやっとくれ」

シャツを指でつまんでいると、榊が誰ともなく声をかける。年配の男がすぐに着物を一式持ってきてくれた。手招かれるまま物置のような小さな部屋に入り、細すぎると腹に大量のタオルを巻かれたあと長襦袢《ながじゆばん》から順に着せられた。着付けには慣れているのか年配の男はテキパキと動き、瞬《また》く間に身支度がととのった。和装なんて七五三以来だ。おかげで紺の袴も七五三を連想させてちょっと居たたまれない。

「これ、着なきゃだめですか？」

多喜次がうめくように尋ねると、年配の男は苦笑を返してきた。

「こちらはもてなす側だから、服装くらいはしゃんとしないとね」

着物の襟《えり》を整え男は深々とうなずいた。

「はい、できた。巻き込まれて災難だったけど、よろしく頼むよ」

「は、はい！」

事務所に戻ると、榊に一瞥《いちべつ》された。

「背筋を伸ばして、雑に歩かない。ゆっくりでいいよ。皆、茶会を楽しみに来ているんだから粗相《そそう》のないようにするんだよ」

念押しされてうなずいた多喜次は、その直後、大皿を見て小さく声をあげた。

二つある白い大皿には飾り葉である青モミジがしかれ、大量の梨が見栄えよく盛られていた。そこに、青い花が涼しげに添えられていたのである。六枚の細長い花弁に、青いインクで書かれたような線が花心に向かって流れている。果汁がしたたるようなみずみずしい梨に、その花は実によく映えていた。

「これなんですか？」

多喜次が問うと、小柄な女が手柄を自慢するように胸を張った。

「アガパンサス。数輪もらってきたの。涼しげでいいでしょう?」

「はい! ありがとうございます。あ、会場どこですか? もう運んでもいいですか?」

大きな木製の盆に大皿を二つのせると思った以上にずっしりと重い。きれいに盛られた梨を崩さないように注意して持ち、榊に問いかけた。

ついておいでと呼ばれるまま、多喜次は社務所から出た。

「夏の茶会は堅苦しいことは一切なしだ。菓子は手元に来た者から順にいただく。お茶も然《しか》り。そのあと軽く歓談してお開きになる。もし希望があれば境内を案内する流れだよ」

「はい」

榊はいったん外へ出ると神楽殿に入る。引き戸越しにざわめきが聞こえてきた。テレビで見たことはあっても、多喜次自身がこうして茶席に訪れるのははじめてだった。茶席というと狭い和室に着物姿の女性と亭主がいて、茶釜《ちゃがま》があって、貫禄《かんろく》のある道具が置かれている堅苦しいイメージだった。茶碗は高い。匙《さじ》一つをとっても何万円もするものが使われる。道具にこだわれば青天井——とにもかくにも贅沢《ぜいたく》な趣味という認識だ。

しかし次の瞬間、そんな多喜次の認識は一蹴《いっしゅう》された。

ふすまの前で座るように言われ、榊の斜め後ろに正座した多喜次は、流れるような所作で開かれたふすまの向こうに息を呑《の》んだ。

障子が取りのぞかれた広い和室には座布団が等間隔に並べられ、そこに子連れの女性が大勢座っていた。下は三歳ほど、上は小学生高学年といったところか。騒いで走り回ったり、集まってゲームをしたりしている。母親らしき人たちも雑談に花を咲かせ、少し高齢のご婦人方は榊の姿に色めきたった。厳《おごそ》かなんてイメージは欠片《かけら》もない。

榊がお辞儀するのを見て、多喜次も慌ててそれをまねる。

「お茶を点《た》てた経験は？」

「い、いえ、俺は、ないです。飲んだこともないです」

「なんだ。だったら正真正銘の裏方か。じゃあ、さっそくすすめてもらおうかね」

顔を上げた榊の目配せに多喜次はぎくりとした。すでに菓子器が室内に回っていたのだ。どうやら無事だった『ひまわり』を一緒に振る舞う気らしい。

多喜次がとっさに榊を見ると、彼はにやりと人の悪い笑みを浮かべた。

「お手並み拝見」

このおっさん……!!　と、思ったが、表情に出さないよう全神経を顔に集中させた。特別な場所で食べる特別なお菓子が『ひまわり』なら、梨はどうしたって分が悪い。だが、やらせてくれと言った手前、逃げ出すわけにもいかなかった。

立ち上がった榊が畳の上を滑るように歩く。お茶を点てるのは榊一人ではないらしく、数人が座して榊を待っていた。多喜次は見よう見まねで来客の前に移動する。歩くだけでこんなに神経を使ったのははじめてだった。

本来なら菓子器を渡し、おのおの取って次に回してもらう。だがそれでは、和菓子に負けてしまう。

「こ、こちらの和菓子は、この茶会のために特別に作られた『つつじ和菓子本舗』の『ひまわり』です。香ばしいクルミあんを舌触りのいい餅で包み、それをこしあんでくるんであります。繊細な花びらは練り切りで作り、夏の花を再現しました」

まずは『ひまわり』の説明をする。わあっと子どもたちが反応して心臓が早鐘《はやがね》を打った。はじめに『ひまわり』だけがなくなってしまったら、別のお客様が不満を抱くのなんて目に見えていた。

多喜次は大きく息を吸った。

「こちらは、さきほど届いたばかりの茨城産の梨です」

反応が鈍い。子どもたちはもちろん、その保護者ですら『ひまわり』に注目している。いつもは誇らしい職人としての祐の腕が、今日ばかりは恨めしかった。

多喜次はぐっと顎を引き、注目を集めようと大皿を持ち上げた。

「ご存じですか？　果物は、昔は『水菓子』と呼ばれ、茶会でも頻繁に出されていました。

甘味のない時代、果物はとても高価なものだったんです。梨は今が旬《しゅん》です。もいだばかりの新鮮な梨を、本日の茶会に合わせ遠方から取り寄せました」

嘘《うそ》も方便だ。「あら、わざわざ？」と、大人たちが反応する。付加価値、印象操作、あとは勢いだ。どんな言葉をかければ今以上に関心を引くことができるか——思案していた多喜次は、じっと梨を見つめる少女に気づいた。彼女は和菓子には見向きもしない。母親にくっついて、ただただ梨を見つめている。

多喜次はすかさず取り箸《ばし》で梨を一切れ持ち上げた。

「どうぞ？」

ぱあっと少女の顔が輝いた。

「あ、あらやだ、この子、梨が好きなのよ」

少女の素直すぎる反応に、母親がちょっと恥ずかしそうに頬《ほお》を赤らめる。多喜次は構わず銘々皿《めいめいざら》に梨を一切れ置いた。そして、もう一つを摑《つか》む。

「特別に、二つどうぞ」

「二つ！」

きゃあっと少女が歓声をあげる。茶道ではおなじみ、和菓子を食べるときに使う楊枝《ようじ》である黒文字《くろもじ》を払いのけ、梨を鷲《わし》づかみして大きな口でかぶりついた。見た目のみずみずしさそのままに、果汁が銘々皿の上にしたたり落ちる。

「おいしい！　ママ！　おいしいよ！　ママ、あーん!!」

ツインテールをぴょこぴょこ揺らし、少女が一口齧《かじ》った梨を母親に差し出した。困ったような顔で少し齧った母親が、驚いたように目を丸くした。

「本当、おいしいわ。菜々迦《ななか》ちゃん、おいしいね」

「おいしいねっ！」

それは絶大な宣伝効果だった。母親が梨を頼むと、そんなにおいしいなら、と、別の親子も梨を頼む。ダイエット中なのよ、そう言いながら梨を一つだけもらっていく人もいた。多喜次が席を渡り歩きさりげなく梨をすすめると、すでにその味が知れ渡っているためか皆あっさりと梨を受け取ってくれた。

茶席の中程に見慣れた少年の姿があった。配達員にぶつかった少年だった。

少年は『ひまわり』を見て、母親とともにガチガチに固まっている。漆塗りの箱が落ちたとき、たくさんの和菓子が崩れてしまった。きっと少年は、幼いながらも窮地を正確に把握したのだろう。小さいのに偉いなあ、と、多喜次は内心で感心する。多喜次がこの時分であったなら、きっとことの重大性に気づかないまま終わっていたに違いない。

「――俺、凄腕《すごうで》の職人だから、全部ちゃんと直したんだ。な、きれいだろ？」

嘘も方便だ。多喜次は胸を張り、息を呑む母親にそっとうなずいて『ひまわり』を差し出した。

「食べてみる?」

少年は驚いたように『ひまわり』と多喜次を見比べる。そして納得したのかこくりとうなずいた。多喜次が銘々皿に『ひまわり』をのせると、黒文字で苦心して切り、不器用に口へ運ぶ。直後にこぼれたのは、なんとも愛らしい笑みだった。

「うまいだろ」

「うん!」

いつか目指す味だ。多喜次はうなずき、母親にも『ひまわり』を配り、会釈してから隣へと移った。

「梨を食べるの久しぶりだわ。おいしいわね。買って帰ろうかしら」

「そういえばお父さんが好きだったのよ。すっかり忘れてた。みんなで帰りにスーパーに寄りましょうか?」

茶席が華やぐ。美しい所作で丁寧に点てられた抹茶《まっちゃ》が皆に配られる頃には、多喜次は広間の隅《すみ》に待機してほっと息をついていた。

「まさか和菓子が残るとは思わなかったよ」

口の周りを泡で抹茶色に染めた子どもたちが互いを指さして笑う様子を安堵《あんど》とともに見つめていると、音もなく榊が近づいてきた。榊がさきほどまでいた場所には別の者が座り、素早く手を返しながら抹茶を点てていた。

多喜次はきょとんと辺りを見回し、次いでぎょっとした。夢中で梨をすすめていたからちっとも気づかなかったが、榊の言う通り、『ひまわり』が菓子器にいくつか残っていた。

「はじめから梨を二つずつって言うよりは、特別に二つと言ったほうが相手も気分がいい。まあ、ものは言いようだ」

「は、ははは」

大粒の梨だったから、八等分されていたのは見てわかった。配達されてきた箱の中に梨は十四個。つまり全部で百十二切れ。一人二つずつでも五十六人配れる計算だ。『ひまわり』が茶会に出されたことを考えれば順当な計算だっただろう。

「……言い訳しないところも気に入った」

「え？」

不思議そうに目を瞬く多喜次に、榊はにやりと笑ってみせる。

「お前さん、名前は？」

「淀川です」

「上じゃないよ。下の名前だ」

「え、あ、多喜次です。多数決の多に、喜びに、新田次郎《にったじろう》の次です」

誰だそれはと尋ねられることを期待して答えてみたが、榊は「ふうん」と言ったきりだった。もっとも多喜次も、高校在学中、野球部で山岳《さんがく》ブームが巻き起こり、漫画になってはじめて作品を読んだというにわかファンで、彼の小説はまだ手つかずなわけだが。

「それにしても、あれだねえ」

榊が室内を見回してからちらりと多喜次を見た。

「毎年実家から送られてくる迷惑な品がこう化けるとは思わなかった。来年からはつつじ屋に世話になる必要もなくなったわけだ」

「……え……⁉」

それは困る。小口のお客様も大切だが、行事ごとに大口の注文を入れてくれるお客様ももちろん大切だ。一件なくなるだけでも大問題である。しかも今回は多喜次のミスだ。そのミスをフォローして仕事がなくなるだなんて、帰ってどう言い訳すればいいのか――。

「あ！　店に電話入れてない……‼」

配達だけなのだから三十分程度ですむ仕事だ。それなのに、すでに十二時近い。店を手伝うどころか、学校にすら遅刻しかねない時間帯だった。

多喜次が真っ青になっていると、榊がくつくつと笑った。

「店には連絡を入れといたよ。そら、お前さんの荷物だ。持っておいき」

榊がひょいと紙袋を差し出す。そこには多喜次の服が入っていた。

「あ、ありがとうございます！　すみません、お借りした着物はクリーニングに出してからお返しします！　失礼します!!」

多喜次は袋を受け取ると深々と頭を下げて会場をあとにした。

「ったく、兄に似ずに騒がしい子だね」

そんな声が聞こえた気がしたが、聞き返す心のゆとりはなかった。

3

最高気温を連日更新する七月最後の日、来客数が目に見えて減少した。

夏の暑さと和菓子はすこぶる相性が悪いのだ。日本の気候に合わせて作られた日本独自の菓子だというのに、職人たちの工夫すら天候には敵《かな》わないらしい。

「今日の最高気温は三十二度。吐き出す息と吸い込む空気の温度差がほとんどない状態だ。七月でこれなら八月は灼熱《しゃくねつ》間違いなし。考えただけで茹《ゆ》だりそうだ。なあどう思う？」

「わ、わざわざ口に出すな、柴倉《しばくら》。よけいに暑くなる」

もちろん、店内には冷房が効いている。しかし、荷運びをしたり配達で外に出たりするたびに熱気にさらされ、その極端な温度差にすっかり体が参っていた。そのうえ夜になっても気温が下がらず、熱帯夜で寝不足なので疲れが取れないのである。

「……海に行きたい……」

「タキはいきなり現実逃避か」

「プールでもいい。祐雨子《ゆうこ》さんの水着が見たい」

「そこはちょっとオブラートに包めよ。祐雨子さんと泳ぎたい、くらいにしないと」

「やっぱ水着は白かなあ」

パレオは邪道だ。水着はシンプルであればあるほどいいと思う。

「花柄だろ。花柄ビキニ」

思いがけない言葉が柴倉の口から飛び出し、多喜次は目を剝いた。

「え、ワンピースの白水着一択だろ⁉　花柄ビキニは却下！」

「な、なんの話をしてるんですか？」

ダダ漏れの妄想は、祐雨子本人の耳にも入っていたようだ。赤くなって問いかけられてしまった。「着ませんから！　白いワンピースも、花柄ビキニも！」と、露出度少なめな市松模様の小振袖《こふりそで》に袴姿の彼女は両手で体を守るように断言した。

そんな仕草も愛らしい。

しかし、である。

「……私服、わりときわどいときあるのに」

「俺ちょっとドキドキする」

柴倉の小声での訴えに、多喜次は全力でうなずいた。ファッションとして身につけているため本人的には露出としてカウントされないようだが、多喜次から言わせれば腑《ふ》に落ちないことだらけだ。

もっとも、腑に落ちないから嫌いというわけでもない。むしろ大歓迎だ。

開放的な格好の祐雨子と南の島に行きたい。無理ならプールでもいい。キラキラと輝く水面《みなも》に笑顔の祐雨子さんなんて最高じゃないか——と、妄想しても時間があまるほど、店は暇だった。学校が終わって汗だくで戻ったとき、祐から「今日は休んでもいいぞ」と言われた意味がよくわかる。わざわざ入るほど忙しくなかったのだ。

時刻は三時三十分。

下手をするとショーケースに和菓子を残したまま閉店まで突っ走ってしまう可能性がある。透明なゼリーに似た錦玉羹《きんぎょくかん》や葛餅《くずもち》なんて見た目も涼しいのに、肝心の見せる相手がいないのでは話にならない。

「梨のコンポートを葛で包むとか」

子ども向けに、見た目には涼しげで、味も今風でいいのではないか。多喜次がぼそりとつぶやくと、「そういえば」と柴倉が声をかけてきた。

「茶会のときトラブったんだって？」

あれから三日たっている。どうやら榊本人は一連のトラブルをおおいに面白がっていたようで、店に帰ると祐も複雑な表情になっていた。店の看板に泥を塗るような事態にならなかったことは幸いだったが、今思い出しても冷や汗が出る一件だ。

「人間、どんなことにも対処できる柔軟性を持たなきゃいけないと学んだ一件だった」

多喜次は詳細を語らず反省点のみを口にする。

「商品ひっくり返して迷惑かけたんだって？」

ニヤニヤと問われ、多喜次はキッと柴倉を睨んだ。

「知ってるならいちいち聞くなよ！　そうだよ、俺が悪いよ！　事前にやばいって思ってたのに対処できなかったんだよ！　危機管理能力不足だよ！」

飛びかかった多喜次は、逃げようとする柴倉を捕まえ、背後から首固めを決める。ぎゃあぎゃあ騒いでいると、祐雨子がくすりと笑った。

「痛い勉強代でしたね」

祐雨子の指摘に多喜次は「あっ」と声をあげた。

「そのお金、俺払うから!!　俺のミスだから！」

店に戻って祐に顚末《てんまつ》を話し、学校へ行き、帰ってから改めて祐とともに櫻庭神社に謝罪におもむいたときも榊に「面白い趣向だった。来てくださった皆も喜んでいたから構わないよ」と返され終わった。安堵した多喜次は代金のことをすっかり失念していたのだ。

「いいですよ、そんなの」

「だめだって！　はじめから俺払うつもりだったし！」

「ちょ、タキ！　興奮するな！　腕ゆるめろ!!」

腕に力がこもってしまったらしく、柴倉が苦しげにうめいて多喜次の腕を叩いた。慌てて首固めをといたとき「相変わらずやかましいねえ」と呆《あき》れ声がどこからともなく聞こえてきた。

はっと顔を上げる。店の中に、絣《かすり》の着流しをまとった男が入ってくるところだった。白髪痩軀、どことなく色気をただよわせるその男は、ひょいとのれんをくぐって軽く多喜次を睨んだ。

櫻庭神社の宮司、榊である。彼の後ろから、思い思いにめかし込んだ年配の女性が五人、ぞろぞろとついてきた。

「い、いらっしゃいませ！　その節は、ご迷惑おかけしました！」

深々と頭を下げる多喜次を一瞥して榊が「ふん」と鼻を鳴らす。

「あんまりやかましくするんじゃないよ。店の外にまで聞こえちまうだろ。和菓子屋がそれじゃ、落ち着けないだろう」

「す、すみません」

懐から白い封筒を一通出して多喜次に差し出した。

「それと、これ」

「なんですか？」

封筒を受け取って首をかしげる。

「茶菓子の代金だ。忘れてたんで持ってきた」

「え……い、いただけません！」

「届けてもらった菓子は茶会に出したし、出せなかったものは、あのあと団子にして参拝者に配っちまったからね。マーブル模様だって、子どもに受けたこと」

「あら、真吾《しんご》さんが作ってくださるなら、あたくしもいただきたかったわ」

白髪を紫に染めて紫色の銀縁眼鏡をかけ、藤色の着物も涼やかなご婦人が不満を漏らすと、隣にいた幾何学《きかがく》模様のワンピースにモダンな髪型も個性的なご婦人がしみじみとうなずいた。

「本当よねえ。どうして連絡くださらないのかしら」

「いけずなんだから」

「よしなさい。私の作った団子なんて食べるもんじゃありませんよ。味はプロだが、見た目がよろしくない」

榊がたしなめると、彼女たちは「怒られちゃった」と嬉《うれ》しそうに頬を赤らめた。

「……お、老《お》いらくの……」

「なにか言いました？」

思わずつぶやく柴倉を榊がじろりと睨む。蛇《へび》に睨まれたカエルのように柴倉はぎゅっと口をつぐんで首を横にふった。和装に合わせたのか、榊が懐からがま口の財布を取り出してショーケースの上にひょいと一万円札を置いた。

「お茶券と和菓子を頼むよ」

「ありがとうございます。和菓子はどれを……」

「適当に見繕ってくれ」

「でも、おつりが」

和菓子はそれぞれ値段が違う。まんじゅうは安価だが、羊羹《ようかん》などの棹物《さおもの》は高くなる。お茶券と一緒に頼むなら隣の鍵屋で一服する気なのだろうが、それでも一万円は多すぎる。

多喜次が去っていく榊を呼び止めると、振り向いて軽く睨んできた。

「野暮《やぼ》だねえ。そういうときは〝毎度〟とひとまず受け取って、釣りは誰にも気づかれないようにこっそり渡すものだ。男に恥をかかせるもんじゃないよ」

「は……はい、すみません」

多喜次の謝罪を聞いて、女たちがコロコロと笑った。

「真吾さんったらいじわるなんだから。だめでしょう、若い子をいじめちゃ」

「いじめてなんていませんよ。このくらいは気をきかせるもんです。商売人なんだから当然です」

「そうなの？」

「そういうもんですよ」

榊は取り囲むご婦人たちに深々とうなずいて見せ、思い出したように多喜次へと視線を向けた。

「お前さんもお茶につきあいなさい。淀川、多喜次くんだったたね」

予想外のお誘いに多喜次は身震いした。年配の女性に大人気の宮司だが、多喜次にとっては大切なお客様である。まだまだ接客もおぼつかない多喜次が、こんな事態をうまく切り抜けられるわけがない。機嫌を損ねたら大問題だ。

「俺ですか⁉　でも俺、そんな……」

「――忙しいとでも？」

榊は店内をぐるりと見渡す。ショーケースに大量に並んだ和菓子に目を細めてから多喜次へと視線を戻した。榊が入店するとき、多喜次は柴倉に絡んでいた。もうその時点で言い逃れできない状況だった。

多喜次は首を横にふった。

「そういうわけじゃ、ありませんけど」

「じゃあ決まりだ。さあ行きますよ」

榊がご婦人たちを誘うと、皆が多喜次を見てくすくすと笑った。

「真吾さん、気に入るといじめちゃうのよね」

「あら、そうなの？　本当に困った人ねえ」

「私もいじめられたいわ」

「まあ、しょうのない人！」

集団が声を弾ませつつぞろぞろと店を出て行く。柴倉が呆気にとられている多喜次の肩をポンッと叩いた。

「よかったな、気に入られて」

「ぜ、全然嬉しくないんだけど」

榊は何気なく誘っただけかもしれないが、多喜次からしてみればものすごいプレッシャーだ。気に入られているなんて冗談に違いない。

それに、和菓子のこともある。

「お任せで注文入った場合ってどうすればいいんだ？」

多喜次は自問する。一番無難なのは、同じ和菓子を人数分買う方法だ。揉《も》めないし、失敗しない。しかし、せっかくいろいろあるのだからいくつか賞味してもらいたい。多喜次を入れて七人なら、全部違う和菓子にするというのもありだろう。選ぶ楽しみが出てくる。皆で食べるなら、彼らにとっても楽しいひとときになるに違いない。

「祐雨子さん、こういう場合って……」

意見を求めようとしたら、ぐっと親指を突きたててうなずかれた。相手の意見を聞きつつおすすめする和菓子を選ぶスタイルの祐雨子は、どうやら丸投げの和菓子選びが得意ではないらしい。

「気難しそうだったよな、さっきの人」

同情する柴倉に多喜次はぎくりとする。

「無難な選択したら嫌味言ってきそうだし」

確かに。

「奇抜すぎても反感を買うんだろうなあ」

可能性としては高い。

多喜次はショーケースを見た。

七月には七夕《たなばた》があり、当然のことながら七夕にあやかった和菓子がいくつかある。一番人気は『織姫《おりひめ》』で、二番人気は『彦星《ひこぼし》』だ。半透明の葛に中が透け、見た目にも楽しい品でリピーターも多い。その次は抹茶味の水まんじゅう。餡も濃い抹茶で、抹茶好きにはたまらない一品。くずきりや黒みつが別についているわらびもち、ところてん、水羊羹、錦玉羹と涼しげなラインナップが続く。もちろん、定番の薄皮まんじゅうや練り切りで作られた『朝顔』、『夏みかん』、『スイカ』なども店頭を賑わせていた。

「男二人に女五人……だったら、季節的に『彦星』二つに、『織姫』五つ？」

いやこの場合、自分のぶんは抜いて『彦星』一つのほうがいいのではないか。それとも自分のぶんはシンプルなまんじゅう系をチョイスするのが正解か。和菓子一つにうなったあと、多喜次は封筒と一万円札を掴んで調理場に駆け込んだ。

「おやっさん、今、櫻庭神社の榊さんがいらっしゃって……」

八月用の和菓子の試作品を作っていた祐は、多喜次の言葉を最後まで聞くことなく駆け寄ってきて、多喜次を押しのけ店内を覗《のぞ》き込んだ。

そして、眉を寄せつつ多喜次を睨む。

「いないじゃないか」

「あ、の、今、鍵屋に行ってます。休憩するみたいでお茶券を買っていって」

なんでもっと早く呼ばないんだと、その目が多喜次を責めていた。「すみません」と謝罪してからそろりと封筒と一万円を差し出す。

「……おい。俺はちゃんと料金は受け取れないって言ったよな？」

「や、俺もそう言ったんですけど、なんかいろいろあるみたいでっ！」

主に体面の問題が。そもそも榊が、無料になってラッキーだと思うタイプではないのだ。強引に返したらよけいにこじれそうだった。

「しかもなんだ、この一万円」

「ろ、六人分の和菓子とお茶券代です」

自分のぶんはあとで払うとして、多喜次は素直に榊たちの人数を伝える。すると祐は顔色を変えた。

「受け取るやつがあるか！」

「すみません！」

すっかり板挟み状態の多喜次はただひたすら頭を下げるのみだった。経験不足とはいえ、こういう判断がきちんとできないのは致命的だ。自己嫌悪に小さくなっていると、

「見栄を張りたいタイプみたいですよ」

と、見かねた祐雨子がこっそりと助け船を出してくれた。

「しかも、見栄を張ってる自分をフルオープンでアピールしてました。ああいうタイプは、タキみたいな単細胞では対処不能です」

柴倉は全力で助け船から突き落としにかかっている。言い返せなくて柴倉をじろりと睨むと「違うの？」と言いたげに首をかしげてきた。単細胞なことを自覚しているから、これまた言い返せない。

「――まあ確かに、癖のある人だがな」

十分に身に覚えがあるのだろう。祐は肩から力を抜き、ショーケースを見た。

「次のときにサービスするか。で、どれを持っていくんだ？」

祐の問いに多喜次は困り顔になる。

「それなんですけど、お任せなんです。それで、どれ持っていったらいいか迷っておや

っさんに選んでもらおうかと……」

多喜次の言葉が終わらぬうちに、祐はくるりと踵を返した。

「おっと、しまった。八月はもう一品作る予定だった。えっと、なんだったかな。花がいいな、花。おーい、都子《みやこ》、どれがいいと思う？」

「おやっさん⁉」

祐があっさりと調理場に引っ込んだ。

「え……なに、それ。そこまで面倒な人なのか……？」

無難なものを提案してくれると期待していた多喜次は、小豆色《あずき》ののれんを茫然と見つめてから弾《はじ》かれるように振り返った。

柴倉がにっこり笑ってうなずいた。

「だから適当に七つ選べばいいんだって！」

投げやりすぎる。隣で祐雨子が首を横にふる。

「だめですよ、柴倉くん。私は多喜次くんが好きなのを選べばいいと思います！」

それはそれであまり役に立たない助言だったが、前のめりになって力説する祐雨子の姿がかわいくて、細かいことはどうでもいいような気分になってきた。どのみち多喜次は榊たちにとってよけいな存在だ。なにを食べていようとそれほど気に留めたりなどしないだろう。

そう。彼らにとって大切なのはお互いの時間だ。多喜次は間違いなく邪魔者――。

「あ……っ」

自虐的《じぎゃく》な思考に囚《とら》われていた多喜次は、はっと閃《ひらめ》いてショーケースを開ける。夏のあいだ、傷《いた》みやすいものを入れるときだけ電源を入れてあるため、一部のショーケースはひんやりと冷たい。そこから和菓子を七つ取り出し、箱に詰めるとお茶券を手に驚く祐雨子たちを見た。

「俺、隣に行ってきます！」

「いってらっしゃい」

実は祐雨子に見送られるのは好きだったりする。戻ってきたとき、「お帰りなさい」なんて声をかけられるとドキドキする。祐雨子の声に背中を押されるようにして店を飛び出し、鍵屋の前に立った。アスファルトが焼けて熱気が押し寄せてきた。蟬《せみ》の大合唱が暑さを倍増させる。ほんの数分立っているだけで汗だくになりそうだ。

多喜次は鍵屋の古びた引き戸を見つめ、大きく深く息をついた。

和菓子屋でお茶券を買えば隣の鍵屋で日本茶が楽しめる。一杯五十円のお茶で数十分、あるいは数時間も涼んでいく猛者《もさ》がいるらしい。

しかし今は、そんな猛者より手強《てごわ》そうな相手が店内にいる。

意を決し、多喜次は引き戸を開けた。

「遅い」

一番にかけられたのは、榊の容赦ない一言だった。

「申し訳ありません」

悩みすぎたらしい。女性四人が一緒のテーブルにつき、紫に髪を染めた婦人が榊の前に腰かける形で分かれ、それぞれの前にはすでにガラスの器が置かれていた。冷茶の柔らかな緑がいかにも涼しげだ。恐縮する多喜次の足下に、鍵屋の看板猫である雪《ゆき》がすり寄ってきた。赤い首輪も愛らしいいこの白猫、誰にでも愛想のいい完璧な接客をし、皆のアイドルと化していた。

「どんな和菓子を持ってきてくださったの？」

興味津々《しんしん》に紫の髪のご婦人に訊かれ、多喜次は危うくテーブルの上に和菓子の入った箱を置くところだった。

「少々お待ちください」

そう断って、多喜次は戸惑い顔の遠野《とおの》こずえが待つ台所へと向かう。明るい花柄のワンピースを着ているせいだろう。すらりとした長身が一層映えるこずえは、同い年だが未来の姉――実兄であり『鍵屋甘味処《かぎやかんみどころ》 改《あらため》』の経営者にして鍵師である淀川嘉文《よしふみ》の婚約者だ。

こずえは多喜次に目配せしてから台所の奥へと引っ込んだ。

「あの人、駅裏にある神社の宮司さんだよね？」

「ああ。これ、お茶券。それと、銘々皿ってある？」

普段はパックから直接出して食べてもらうのだが、今日ばかりはきちんとした形で出さねばならない。多喜次が問うと、こずえは食器棚を開けて輪島塗《わじまぬり》の渋い銘々皿を出した。兄が住む前は祖母が暮らしていたためか、本格的なものがあるのがありがたい。

「懐紙《かいし》っているの？」

「葛まんじゅうだから使わなくていいと思う。黒文字どこ？」

店内から聞こえてくる笑い声に顔をこわばらせながら多喜次はこずえに尋ねる。そんな多喜次を、こずえは不思議そうな目で見た。

「タキが緊張してるなんて珍しい」

「お、お前俺をなんだと思ってるんだ」

「なんかよくわからないけどいつも自信満々の人」

「…………」

どう見られているんだ、と、多喜次は口をつぐんだ。そもそも自信なんてこれっぽっちもない。和菓子職人になるべく働きはじめてからは自分の知識のなさに愕然《がくぜん》とする毎日だった。間違っても自信満々なんてあてはまらない。

「一生懸命で、猪突猛進で、裏表がなくて、いいと思う」

「………」

どうやら彼女は多喜次の緊張をほぐそうとしてくれているらしい。

多喜次は小さく息をつく。茶会で失敗したせいか、いつも以上に慎重になっていたのは間違いない。失敗したら次はない、そんなふうに心のどこかで思っていた。

多喜次は無理やり口角を引き上げる。こずえの言う通り、ビクビクしているのは自分らしくない。自信満々と思われているなら、そう演出するのも悪くない。

銘々皿に和菓子を移し、黒文字を添えてお盆にのせる。

「あ、私が……」

「俺が行く」

行儀よく様子をうかがっていた雪の頭をつつくようにちょんと撫《な》で、お盆を手に店内に戻る。

虚勢でもいい。めいっぱい堂々と見えるよう胸を張って一礼する。

「お待たせしました。ご婦人の方にはこちらをどうぞ」

むろん、今日の主役である彼女たちに用意したのは『織姫』だ。見た目の華やかさと愛らしさに驚く彼女たちの前に手早く、けれど雑にならないよう丁寧に並べる。続いて榊の前に『彦星』を置いた。最後に自分用に『天の川《あまがわ》』を。

「一人だけ錦玉羹か」

皆は葛まんじゅうだが、多喜次だけは寒天《かんてん》を使った和菓子だ。見た目も丸と四角でだいぶ違う。餡で深い夜を、金箔《きんぱく》で星雲を表現した『天の川』は、葛まんじゅうとは違い落ち着いた華があった。

「皆様には互いを思い合う『織姫』と『彦星』を。恋人たちの逢瀬《おうせ》に割って入った邪魔者の俺には『天の川』を。……い、いかがですかっ？」

ここで上品に尋ねられたら格好いいだろうが、多喜次は緊張のあまり前のめりになっていた。眉をひそめた榊は、ふっと息を吐き出すようにして口元をゆるめる。

「なるほど、それで『天の川』か。まあ及第点だ」

榊がうなずくと、ご婦人たちもなごやかに視線を交わした。

「よかったわねえ」

「それにしても恋人同士だなんて、今どきの子はませてるのね」

「デートならもっとめかし込んでくれればよかった」

「真吾さんと恋人同士だなんて、あらやだ、うふふ」

　賑やかに騒ぎ出す。おのおの和菓子を口に運ぶ彼女たちを見ながら、榊は隣に腰かけた多喜次に「お前、おもしろいね」と小声で言い出した。

「茶会の和菓子をだめにしたのは走り回っていた子どもだ。なのに、言い訳をしない」

「え、み、見てたんですか⁉」

「私もすぐ近くにいただろう」

　確かに近くにいたが、まったく触れずにいたから気づいていないものとばかり思っていた。格好をつけるわけではないが、今でもあの一件は多喜次自身のミスという認識だ。だから素直に口を開く。

「当たり前です。子どもが走り回ってるときは大人が注意するものだから」

　榊にしたら多喜次だって〝子ども〟に違いない。けれど彼は口を挟むことなく静かに多喜次の言葉に耳を傾けている。

「そ、それに、バランス崩した俺が悪いに決まってるじゃないですか」

「そのうえ配膳を買って出た」

「それも、俺の責任だし。あ、あのとき、適当なこと言ってすみません」

「適当？」

多喜次の謝罪に榊が首をかしげた。その仕草もどことなく雅《みやび》で、なるほど女性が騒ぐはずだと多喜次は一人うなずいた。

「梨、わざわざ取り寄せたみたいなこと言っちゃったんで」

「そりゃ必要な嘘さ。バカみたいに事実だけ口上《こうじょう》にのせればいいなんてわけないだろう」

「そうですけど」

「凄腕の職人ってのも、とっさに出たにしてはいい方便だった」

ちょっと居たたまれなくなって多喜次は顔をそむけた。やっぱりこの榊という男、いじわるだと思う。人の反応を見て楽しんでいるに違いない。恥ずかしさに頬が熱くなる。

「すみません、大見得《おおみえ》切りました」

「悪かあないさ。男は見栄くらい張らないとね。夢も見られなくなっちまう」

くつくつと榊が笑う。なるほど、見栄は夢なのか、夢なら現実にすることもできるのかと、多喜次は妙に納得した。

榊は『彦星』を切り分けながら言葉を続ける。

「天正十年六月二日に焼けた掛け軸《じく》の話を知っているかい?」

ここで「知っている」と答えたら格好いいが、こんな場面で見栄を張っても失敗するだけだと首を横にふる。ご婦人たちが期待の眼差《まなざ》しで榊を見た。

「天正十年六月二日、西暦でいえば一五八二年六月二十一日、京都本能寺《ほんのうじ》」

「──本能寺の変?」

「その日、寺とともに焼け落ちた掛け軸には茶菓子が描かれていたという逸話がある」

ドキンとした。

「そ、その茶菓子って……」

先をうながす多喜次に、榊は深くうなずく。

「そう。その中に梨も描かれてたというんだ」

あのとき神社に届いたのは偶然にも梨だった。だから茶菓子として梨を出してもらった。

──けれど、それは。

「茶席で梨を振る舞うのは、なかなか道理にかなっていると思わないかい」

にやりと笑うその顔に、「悪かあないよ」と言われた気がして多喜次の口元がゆるんだ。

「和菓子は歴史とともに育《はぐく》まれてきたものだ。職人は学《がく》もいる。せいぜい頑張って学ぶことだね」

「はい」

うなずいて「若い子はいいわねえ」「期待してるわね」とご婦人たちから応援の言葉をもらったあと、多喜次はすすめられるまま黒文字を手にした。

そんな絶妙なタイミングで引き戸が開いた。店に入ってきたのは、長身を黒い服で固めた男——淀川嘉文である。駐車場から店までの短い距離とはいえ炎天下なのだから暑いに決まっているのに、いつものように涼しげな顔をしていた。が、榊を見ると明らかに動揺した。涼やかな目が見開かれ、薄い唇が開く。なにかをつぶやく前に口は即座に引き締められ、歩いてきた雪をひょいと抱き上げて引き戸を閉めた。

「イラッシャイマセ」

多喜次の兄は、渋面《じゅうめん》になって榊に軽く頭を下げた。

「心がこもってないねえ」

「——なんであんたがここにいるんだ」

「客だからに決まってるだろ。ほら、和菓子だってある」

榊が銘々皿を持ち上げた。渋面の兄と、ニヤニヤ笑いの宮司。知り合いは知り合いだが、どうやら友好的な知り合いというわけではなさそうだ。

「もちろん、一服しに来ただけじゃないよ。あれからどうなったか気になってわざわざ来てやったんだ。返答は？　こっちも暇じゃないんだよ」

榊の質問を聞き、和菓子の代金を払うためだけに来たのではないことを悟りほっと安堵する。そんな多喜次とは逆に、兄はひどく狼狽えつつ近づいてきた。

「それは……」

「うちだっていつでもガラガラってわけじゃないことくらい知ってるだろう。当然いい日取りから埋まっていく。盛大に祝ってやろうって言ってるんだ。きっちり腹くくって父親を説得してきな」

「……わかってる」

いい日取り。お祝い事。しかも父親を説得する必要のある行事。最近の話題といえば、こずえとの結婚を反対され、懐柔しようと苦慮していることくらいだった。

「――兄ちゃん、結婚するの？」

驚きのまま問うと、雪を下ろした兄が大股でやってくるなりすごい勢いで手を伸ばしてきた。避ける間もない。大きくてゴツゴツした手が多喜次の口をふさぐようにおおった。

「へっほくへひはのは？　ほれなにもひいへはい」

「説得はできてない。だからお前も聞いてない」

なるほど、だから弟である多喜次が知らなくて当然なのだ。しかしそれなら先走りすぎじゃないのか。長期戦でいくとばかり思っていた多喜次は戸惑いの顔を兄に向ける。

「ひゃあ、あんふぇ？」

「挙式の場所くらい、押さえておくべきだろ」

「ひょうはいひゃないんだ？」

「教会より神前式のほうがこずえの好みみたいだから」

どうやらこっそりとリサーチし、まだ本人には伝えていないらしい。結婚といえば女性主体のイベントというイメージだ。ウエディングドレスに大きなケーキ、チャペルに神父、指輪交換、舞い散る花に誓いの言葉。男は添え物で、主役はあくまでも花嫁である。

——まあ、こずえの場合、兄が選んだということだけで喜びそうではあるのだが。

「兄ちゃん意外と溺愛《できあい》系なんだな」

兄の手を逃れ、多喜次は呆れて溜息をついた。

クールを装っているが間違いなくベタ惚《ぼ》れだ。自分のことが話題に出ているとは露知らず、こずえはなにやら奇妙な空気に包まれた店内を警戒し、壁に張り付きじっと様子をうかがっている。懐《ふところ》に入ればすっかり懐くこずえだが、なにかの拍子に警戒心をあらわにする。この微妙な距離感が、兄の狩猟本能を刺激しているのかもしれない。

「申込書、とっとと出しな。日付は空欄でいいから、さきに受けといてやる。相手が変わる予定はないんだろ？」

楽しげに請求する榊を見て、あ、これが本当の目的だったんだな、と、多喜次は心底納得した。榊は兄の困り顔を見に来たのだ。弟の多喜次ばかりか、どうやら兄も榊のお気に入りであるらしい。

「――申込書はあとで持っていく」

「年下の恋人がかわいくて仕方がないってか。ガラにもなく奥手がすぎると逃げられるよ。気をつけるこった」

「よけいなお世話だ」

よろよろと兄が遠ざかっていく。ほんの数分の会話で精も根も尽きたと言わんばかりの顔だった。そんな兄を心配し、こずえがひょこりと出てくる。兄はこずえの頭をぐりぐりと撫で「少し休む」と愛用のカバンを階段下に置いて二階に引っ込んでしまった。

「かわいいわねえ」

笑っているのはご婦人方である。そうかいよいよこずえが〝義姉〟になるのかと複雑な心境で『天の川』を見ていると、「お前さんもしっかりおしよ」と榊が水を向けてきた。

「え？」

「さっき店にいたのが『虎屋《とらや》』の息子なんだろ。修業は建て前で、つつじ屋の娘を口説きに来たって話じゃないか」

「へ……⁉」

「ありゃ見栄えがする面《ツラ》だ。店頭に出せば客がつく。つつじ屋の息子が職人になって店を継ぐのが理想だが、どうやらその気はないらしい」

祐雨子には歳の離れた弟がいる。店にはほとんど顔を出さず、多喜次と歳が近いのに、実は一度も言葉を交わしたことのない相手だ。和菓子職人になる気がないのは、どうやら周知の事実らしい。

「となると、お前さんか『虎屋』の息子のどちらか一方、優秀なほうを娘婿《むすめむこ》にもらって跡を継がせたほうがつつじ屋も繁盛するだろう。駆け出しのひよっこにゃ分が悪いよ」

突飛《とっぴ》な話に混乱する多喜次に、榊は当然とばかりに言葉を続けた。

「お前さん、つつじ屋の娘に惚れてるんだろ？」

多喜次が祐雨子に恋をしていることも、柴倉の素性もバレている。吹聴した記憶はないし、柴倉にいたっては素性を隠してさえいたのに、どうして詳細を知っているのか——。

「宮司は物知りなんだよ」

いやそんなレベルじゃないだろ、と、多喜次は混乱したまま胸中でツッコミを入れる。

優秀なほうを娘婿に、駆け出しのひよっこには分が悪い——。

心臓が、ぎゅっと痛くなった。

祐が腕によりをかけて作った『天の川』すら、その味がわからなくなっていた。

第三章　雨の日

1

「今日も最高気温が三十度を超えるって」

多喜次《たきじ》が神妙な顔で柴倉《しばくら》に声をかけていた。夏が来て、三十度を下回ったことが何度あっただろう。三十度超えは当たり前、場合によっては猛暑日と呼ばれる三十五度に手が届く日もあった。

祐雨子《ゆうこ》はことんと首をかしげる。

「昨日は何度でしたっけ？」

「三十四度」

「もう少しで体温と同じになりますね」

祐雨子の一言に多喜次が震え上がる。入道雲さえ吹き飛ばす連日の晴天に日本列島は悲鳴をあげていた。もっとも、雨が降ったから涼しくなるというわけではない。中途半端な雨は湿度を上げるだけで、加速度的に過酷さが増す結果になりかねなかった。

「そ、外の掃除はじゃんけんで！」

柴倉が逃げ腰な提案をしてくる。いつもなら即のってくる多喜次が「俺がやる」と短く告げて外へ出て行った。

最近、多喜次の様子が少しおかしい。以前ほどの元気がない気がした。

「な……なにかあったんでしょうか？」

夏の茶会があったあたりから少しよそよそしいような気もする。いつもはことあるごとに声をかけてきてくれた彼が、今は最小限の会話にとどめようとしているのだ。理由を訊《き》いても「なんでもない」と返ってくるばかりで、一向に原因がわからない。

「今までが元気すぎたんだと思いますけど」

「元気すぎでしたか？」

「テンション高くて暑苦しかったです」

「……いつもあの調子だったので、そう思ったことはなかったんですが」

言われてみるといつでも元気溌剌《はつらつ》だった。高校の頃は運動部に在籍していたからノリが完全に体育会系だったし、卒業してもしばらくはその名残がうかがえた。

しかし最近はとても静かなのだ。

「夏バテでしょうか？　それともなにか重大な悩み事でも……まだお茶会のことを引きずっているのかもしれません。でも、多喜次くんもうまく立ち回っていたし、榊《さかき》さんも許してくださったし、そこまで深刻になることはないですよね？」

祐雨子がオロオロしていると、柴倉が思案するように口をつぐみ、ずいっと顔を近づけてきた。

「祐雨子さんってさあ、タキのことどう思ってるの？」

質問が唐突すぎて祐雨子は目を白黒させた。

淀川《よどがわ》多喜次は幼なじみである淀川嘉文《よしふみ》の弟で、幼少の頃から知っている男の子だった。じっとしていることが苦手でいつも元気に動き回る彼は、飄々《ひょうひょう》としている兄とまったく違うタイプだった。思春期真っ盛りで攻撃的だった実の弟より、祐雨子に懐き全身で好意を示してくれる多喜次のほうが好ましいと思ったことなんて数え切れないほどだ。

「多喜次くんは、かわいいですよね」

ふとお正月に会ったときのことを思い出す。はじめは恥ずかしそうに両親の後ろに隠れているのに、慣れるとぴったりとくっついてくるのだ。面白いことに会うたびにそれを繰り返していたので、毎回新鮮な気持ちにさせられたものだった。

そんな多喜次の行動は、中学校に上がる前まで続いていたと思う。ホクホクしていると、柴倉は眉をひそめた。

「……は？」

「まっすぐで、すごくいい子だと思います」

「うーん。十八の男が〝かわいい〟とか〝いい子〟ってのもなあ」

祐雨子ははっとする。つい癖で子どもの頃から回想してしまったが、確かに不適切な表現だった。祐雨子は慌てて訂正する。

「身長が私よりも高くなっていたんです！　男の子の成長期は高校までって聞きますけど、もしかしたらもう少し伸びるかも！」

高校に入っても多喜次は小柄なままだった。実は多喜次が身長のことを気にしていたと知っている祐雨子は、彼の成長を喜んで柴倉に力説した。

「腕力もあるし、マメに動くし、なにより仕事にまっすぐ向き合おうとする姿勢が素敵です。多喜次くんのそういうところは、私も見習いたいです」

「祐雨子さんだって一生懸命でしょ。俺は不真面目だけど」

「そんなことないです」

どこか投げやりな柴倉に祐雨子はゆっくりと首を横にふる。

「不真面目な人は、こんなにきれいな和菓子を作ることはできません」

祐雨子はショーケースの中の和菓子を見た。柴倉が作った練り切りは七月に続き夏を代表する花である朝顔だ。中央は黄色、次に白、続いてうっすらとピンクが混じり、最後は青い花びらが見事なグラデーションを作っている。繊細な美しさはまさに職人技で、柴倉が作った『朝顔』の試作品を一目見て、祐《たすく》は店に出すことを決めた。先月の『朝顔』とはまた違った趣《おもむき》の一輪はお客様の目に留まることも多い。まだ柴倉に任せる和菓子の数は限られているが、それでもそれは、祐が柴倉の腕を高く評価している証拠だった。

「柴倉くんが努力してきたことは、みんなちゃんとわかってくれていますよ」

祐雨子が告げると、柴倉は人差し指で鼻の頭を軽く掻《か》いた。

「……俺は一人にだけ、気づいてもらえればいいんだけどな」

「え？」

「なんでもありません。俺も掃除手伝ってきまーす」

そう言って柴倉が出ていこうとしたとき、バタバタと足音を響かせ、都子《みやこ》が調理場から顔を出した。いつの間にか愛用の割烹着《かっぽうぎ》を脱いでいる。コットン一〇〇％のシャツにパンツという定番スタイルではなく、ワインレッドのサテン生地のシャツに濃紺のパンツ、足下はローヒールパンプス――珍しく外出用の服装だ。おまけにいつも箱に入れてしまい込んでいるブランドもののバッグを持っている。

「お出かけですか？」

祐雨子は基本、店内では両親に対しても敬語を使う。子どもの頃からの癖だ。だからいつも通りそう尋ねると、都子は大きくうなずいた。

「お父さんが買い出しから戻ったら伝えておいて」

「お戻りは？」

「食事会だから、何時になるかわからないね」

「食事会？　あ、お友だちが近くまで来るって話してたあれですか？」

だから化粧も服装も気合いが入っているらしい。

「じゃ、あとよろしくね！」

都子はくるりと踵《きびす》を返して裏口に向かう。

「あ、エガちゃん？　今どこ？　え、もう駅に着いたの？　ホナミは？　あ、そうか、あの子は別の駅で合流だったっけ。ササノンは現地で待ち合わせだよね？　うん、わかった。すぐ行く！」

遠ざかる声が弾んでいる。足音も軽やかだ。

「お、お母さんがあんなにはしゃいでいるのをはじめて見ました……!!」

「完璧に学生時代に戻ってましたね」

柴倉も目を丸くしていた。思わず苦笑を交わし、柴倉は外へ出ていった。

多喜次たちが外を掃除しているあいだ、祐雨子は店の中を片づけた。とはいえ、店内は普段から掃除しているのでそれほど手間は取らなかった。面倒なのは二階にある物置だろう。使わない調理道具や菓子箱のストック、常温保存できる材料、和菓子関連の書籍や帳簿の類《たぐい》が棚にぎっしりと詰まっている。

時間ができたら手をつけたい。買ってはみたが使いづらかった調理器具など場所を取るものは、この際だから思い切って捨てるのがいいだろう。そんなことをつらつら考えていると掃除を終えた多喜次たちが戻り、買い出しに行っていた祐も戻ってきた。

「都子は?」

調理場を見回し、祐は首をかしげた。

「出かけました。お友だちと会うと言ってました」

「――ああ、プチ同窓会だったか。そういえば朝からえらく張り切って……待て! あいつ傘持っていかなかったのか⁉」

傘立てにある透明傘を見て声を荒らげる祐に、祐雨子は思わず首をひねる。窓の外には雲一つない青空が広がっている。雨が降ったとしても地上に着く前に蒸発してしまいそうなほどの熱気で、アスファルトは逃げ水にゆらゆらと波打つような状況だ。

「おやっさん、午後の降水確率は一〇%です。快晴です。絶好のお洗濯日和《びより》です」

天気予報を繰り返すように多喜次が断言する。しかし、祐は納得しない。それどころかますますその表情を険しくさせた。

「降水確率が一〇%もあるのか……!?」

この世の終わりみたいな声だった。

「……だから、快晴だって天気予報で言ってて」

「いいか、タキ。都子はな、結婚式や家族旅行、バーゲン、バザー、楽しみにしてる外出にはことごとく雨が降るんだ。絶対だ。晴れたためしがない。俺が記憶している中ではただの一度だってない」

祐に断言されて祐雨子は少し考える。確かに晴天は少なかった。だが、まったくないわけではない。海水浴だって晴れだったし――十時には雷雨に見舞われたが――望遠カメラを購入して臨んだ運動会は、そういえば十一時ぐらいまでは晴れていて、そのあとで土砂《どしゃ》降《ぶ》りになった。はじめて行った花火大会も雨天で中止になって悲しい思いをした。動物園に行ったときも、確か雨だった。遊園地も雨。途中から水族館に行くようになったが、やっぱり雨だったような記憶がある。

考えれば考えるほど雨の記憶しかない。

「で、でも、晴れた日もありますよ。授業参観とか、三者面談とか、保護者会とか……なんか学校行事ばっかりですね」

とはいえ、運動会は雨だったから、学校行事が毎回決まって晴天というわけではない。

祐雨子が考えるように口をつぐむと、「とにかくあいつが出かけるときは雨が降るんだ」と、祐は渋面《じゅうめん》で返してきた。

そんなことを話し合っているうちに、水色のワンピースを爽《さわ》やかに着こなした年配の女性がやってきた。

「お盆の干菓子《ひがし》をお願いしたいのだけど」

お盆の干菓子といえば、先祖を供養するため仏壇に供えられる蓮《はす》や果物の形をした落雁《らくがん》である。昔はよく注文が入ったが最近ではめっきり減った。それでもこうしてわざわざ注文しに来てくれる人がいる。

「ありがとうございます。少々お待ちください」

祐雨子が接客に回ると、お客様は手提げからハンカチを取り出して額《ひたい》に浮く汗を軽くぬぐった。

「外は暑いわねえ。ここまで来るのに汗だくよ」

柴倉がレジ横にあるうちわで風を送ると彼女は軽く笑った。注文を受け、控えを渡して見送ると、祐が調理場に引っ込んだ。

祐雨子たちはまた手持ち無沙汰《ぶさた》になる。

「小豆《あずき》の選別でもしようかな」

「そういえば、そろそろ小豆の収穫時期ですね。小林《こばやし》さん、どうされてるんでしょう」

多喜次が調理場の麻袋から小豆を取ってくるのを見て、祐雨子は丸椅子《いす》を引き寄せて何気なく口にした。ちょっとだけ身構える仕草を取った多喜次は、すぐにわれに返ったようにそっと目を伏せる。

最近の彼は、やっぱりなにかがおかしい。

「毎日元気に働いてるって。松崎《まつざき》しげる並みに日焼けしたって笑ってた」

奇妙に思っていた祐雨子は多喜次の一言にびっくりする。まさか小林と連絡を取り合っているとは思わなかったのだ。祐雨子は人付き合いが淡泊なほうで、用事がなければ平気で何カ月も連絡を取らないことがざらだった。けれど多喜次はそうではなく、まめに近況を伝え合っているらしい。

夏空の下、新しい環境に馴染《なじ》みはじめた小林が充実した毎日を送っていることは、多喜次の嬉《うれ》しそうな声からも伝わってきた。

「よかったですね」

「うん。今度、会いに行くんだ」

「小林さんに？」

「学校のみんなに話したら、農業を見てみたいって騒ぐやつがいて」

「料理人さんは好奇心旺盛《おうせい》ですね」

祐雨子が感心すると、なにか思い出したのか多喜次が笑顔を見せた。

「有機農法に興味があるみたいですごい食いついてきたんだ。で、小林さんに相談したら一度見においでって。レストランじゃなくて農家に就職することになったらごめんねって言われた」

「小林さん、お仕事楽しんでらっしゃるんですね」

そこまで惚《ほ》れ込んでいるのかと祐雨子は驚嘆《きょうたん》する。

「見学を希望されている学生さんは、将来、自分のお店でオーガニック野菜を使いたいと考えてらっしゃるんですか？」

「そうそう、無謀なこと言ってるんだよ。でもそれって野望だよなあ。自分の店を持つとか憧れる」

どうやら調子が出てきたらしい。多喜次の声が熱を帯びる。祐雨子もちょっと嬉しくなって声のトーンを合わせた。

「オーナーシェフって格好いいですよね」

「コックコート着て店の奥から出てきて、本日の料理はお口に合いましたでしょうか？ってやりたいんだって！」

多喜次がゲラゲラと笑った。ドラマのワンシーンみたいだ。祐雨子もクスクス笑いながら小豆の選別を手伝おうと手を伸ばす。肩がぶつかる。ふっと多喜次が祐雨子から距離を取る。カゴが遠ざかり、これでは手伝えないと祐雨子が慌てて彼にくっつく。すると彼はまた離れ、ひっついていく祐雨子を軽く睨《にら》んだ。丸椅子から落ちそうになったところでぐいぐいと押し戻してきた。

「祐雨子さん近すぎ！」

「でも、離れていたらお手伝いできません」

カゴの中で小豆が躍《おど》る。硬く軽やかな音に祐雨子の抗議の声が重なった。

祐雨子が身を乗り出して手を伸ばすと、カゴはますます遠ざかった。

「俺一人でやるから！」

怒られた。

「ふ、二人でやったほうが早いですよ？」

数日前までは普通に手伝わせてくれたのに、急によそよそしくなったのはなぜだろう。

祐雨子は抗議の意思を込め、ちょっと強引に黒ずんだ小豆へ手を伸ばす。どうやら同じ小豆を狙っていたらしい。偶然にも多喜次と祐雨子の指先が重なった。驚いて手を引いた瞬間、紫色を帯びたと表現される豊かな色彩の小豆たちが、互いに身を寄せ合うようにして黒ずんだ一粒を隠してしまった。

祐雨子はとっさに手を伸ばす。すると、また多喜次と指がぶつかった。

多喜次は真っ赤になっていた。祐雨子をキッと睨んだあと、耳まで赤くしてうつむく。

――最近の多喜次は本当におかしい。いつもと変わらない接触なのに過剰に反応して体をこわばらせてしまう。だから祐雨子も調子を崩す。照れるような場面ではないはずなのに、頬《ほお》が熱くなっていく気がした。

「そこ！　遊ばない！」

微妙な空気に固まっていると、前触れなく柴倉が割り込んできた。触れ合っていた多喜次と祐雨子の肩を摑《つか》み、問答無用で多喜次を椅子から放り出した。

「ぬあ⁉」

奇声を発して椅子から転げ落ちた多喜次に、祐雨子はぎょっとする。

「だ、大丈夫ですか、多喜次くん⁉」

さすが元運動部――と感動してしまうほど、多喜次は器用にカゴを持ち上げて小豆を守った。以前も椅子から落ちた際、彼はこうして小豆だけは死守していた。

柴倉は祐雨子を一瞥《いちべつ》したあと、多喜次からカゴを奪うとあいた椅子に腰かけた。そして、怒ったように祐雨子にカゴを差し出した。

「はい」

どうやら柴倉も仲間に入りたかったらしい。

祐雨子は床で潰《つぶ》れている多喜次と柴倉を交互に見てポンと手を打った。

2

少年は幼い頃から母と二人暮らしだった。母があまり片づけの得意な性格ではなかったせいか、あるいは安さにつられて必要のないものまで買ってきてしまうせいか、狭いアパートはものであふれかえり、どんどん狭くなっていった。

そんな部屋に、男が出入りしていた。

男はこっそりやってきて、修業だと言っては母親に内緒で少年を和菓子屋の調理場に拉《ら》致《ち》していた。

男は少年の実父だった。

その頃少年は、父が構ってくれるのが嬉しくてなんの疑問も抱かずに和菓子の成形技術を学んでいた。店はいつもガラガラで、客の姿もなく、ものであふれかえるアパートとは真逆の環境だった。それが面白くもあった。

ただ少年は、粘土《ねんど》遊びの延長のような感覚で和菓子自体にはそれほど興味はなかった。父に構ってほしくてつきあっていただけで、父の願い通り和菓子職人になるという意思はこれっぽっちもなかったのである。

ある日、小学校で名前の話題が取り上げられた。すると少年は突然有名人になった。残念ながらそれは悪い意味での有名人で、女子からは「子犬みたいでかわいい」と言われ、男子からは「ダサい」と遠回しに言われた。

〝豆柴《まめしば》〟

それが小学校でつけられた少年のあだ名だった。

おかしなあだ名をつけられたあと、少年は改めて自分の名前を見た。微妙なセンスだった。そんな微妙なセンスの名前をつけたのが父だった。それが原因で母と大喧嘩《げんか》になって、あまつさえ離婚問題にまで発展したという。

小学校に入って、少年はようやく父と母が不仲になった理由を理解した。

父は嫌いではなかったが、豆が嫌いになった。小さな茶色い粒が〝豆〟と呼ばれていなかったら、彼にはもっと格好いい名前がつけられていたかもしれない。あるいは父が和菓子職人でなかったら、彼の未来は変わっていたかもしれない。

不満はたくさんあった。けれど、和菓子はもう作らないと反抗したらお小遣いをくれるようになったので、少年は父の娯楽につきあい和菓子を作り続けた。

そうして少年の和菓子職人としての腕は磨かれていった。

高校を卒業して一般企業へ就職したのは、父への当てつけもあった。内定をもらったことを伝えたら母は喜び、気落ちしていた父もしばらくして就職祝いをくれた。

だから少年は、多少強引だったとしても自分の選択が正しかったのだと思った。

けれどその仕事は、先輩と折り合いが悪くてすぐに辞めてしまった。断腸《だんちょう》の思いで就職を祝福してくれた父の怒りはすさまじかった。会社を辞めてしばらく遊びほうけていたのも悪かったのだろう。

かくして少年——柴倉豆助《まめすけ》は、『つつじ和《わ》菓《が》子《し》本舗《ほんぽ》』で働くことになった。彼の父が経営する『虎屋《とらや》』は立地が悪く展望が見込めない。だから、『つつじ和菓子本舗』の看板娘である蘇《す》芳《おう》祐雨子と結婚し、入婿《いりむこ》になって人知れず『虎屋』の味を残していけというのが、父の無茶な夢になった。もっとも、『つつじ和菓子本舗』は『虎屋』のように代々受け継がれてきた味を守るという考えはなく、時代に合わせ柔軟に変化してきた和菓子屋である。今さら『虎屋』の味が加わったところで問題はないだろう。いいものは取り入れる。悪ければよりよくする。そういう方針であるのだから。

もちろん、柴倉ははじめは乗り気でなかった。和菓子屋が一つ潰れたところで大事件であるわけもなく、父がそこまでして『虎屋』の味にこだわる意味がわからなかった。ただ、いつまでも無職というわけにはいかないことは自覚していた。生きていくには金がいる。母親と同居し、食と住を甘えることはできても、人間、それだけで快適に生きていけるほど無欲ではないのだ。服を買う金がいる。友人に誘われたら遊びにだって行きたい。缶ジュース一本買うのだって立派な出費だった。

働き口は必要だ。けれどそこに和菓子屋という選択肢はなく、入婿を狙うなんてとんでもないと思っていた。バイトに入ったあともその考えは変わらなかった。

いっそ、クビにしてくれればいいのに――そんなことを思いながら働いていた。そして彼は閃《ひらめ》く。『つつじ和菓子本舗』が潰れたら、和菓子屋で働く必要もなくなり、父もよけいな夢は見なくなるのではないか、と。肩身は狭いが、しばらくは母と暮らしつつ次の仕事を探せばいい。これですべてが丸く収まる――そう思っていた。

しかし、である。

店に来て、ちょっと気持ちがぐらついてしまったのだ。八つも年上の女なんておばさんじゃないか、そう思っていた柴倉は、蘇芳祐雨子を見て「あれ?」と動揺した。もっと堅苦しいおばさんか、恰幅《かっぷく》のいい肝っ玉母さん風の女を思い描いていたのだ。その予想に反し、祐雨子は年齢不詳の和装の女だった。

しかも、ひかえめな化粧が引き立つ美人だった。市松模様の小振袖《こふりそで》に袴《はかま》、編み上げブーツ。文学少女風の個性引き立つ丸眼鏡も似合っていた。見た目が好みだった。年上というのもすぐに気にならなくなった。おっとりした雰囲気はなごむし、他人のいいところを素直に褒めてくれるのが思った以上に心地よかった。なにより、柴倉を高く評価しているのが伝わってくるのが嬉しい。意外とスキンシップが好きなところ、嬉しいことがあると一番に報告してくるかわいらしさ——一緒に働いていると、これはちょっと卑怯《ひきよう》なんじゃないかと思うくらいだった。

和菓子作りを生涯の仕事にする気はない。そもそも経営者なんてガラじゃない。和菓子屋になる気だって、当然のことながらこれっぽっちもなかった。

適当な会社に就職して適当に稼ぎ、気の向くまま遊ぶ。いつか適当な相手と結婚して、それなりに幸せな家庭を築く、それでいいという認識だった。

が、しかし、彼は気づいてしまった。好きな相手となら、和菓子職人としての道を進んでもいいと考えている自分に。祐雨子とじゃれ合う多喜次に嫉妬《しつと》する自分に。

そして、見て見ぬふりができずに割って入ってしまう。

かくして柴倉は、多喜次がさきほど座っていた場所を占拠する形で祐雨子の隣にいる。

「柴倉くんも遊びたかったんですね⁉」

はっとしたように祐雨子が肩をぶつけてくる。

「なんでそうなるの」

自分の嫉妬心にうんざりしていた柴倉は祐雨子の反応に思わず渋面になる。だが、ぐいぐい押してくる祐雨子の体を押し戻しながら、「いやこれちょっとやばいよね？」と、胸中でツッコミを入れていた。ふんわりとただようのは甘い和菓子の香り。祐雨子の体臭なわけはないのだが、一時期大嫌いだった餡《あん》のにおいでさえ、最近では好きになりかけているのだ。

「祐雨子さんは卑怯だ」

「ど、どうしてそうなるんですか⁉」

思わず柴倉がうめくと、祐雨子はぎょっとしたように肩を押す力を強くする。あぐらをかいて床に座っていた多喜次が柴倉に賛同してうなずくと、抗議をするように祐雨子の力が強くなる。ふっと体を引くと、彼女が上体を崩す。それを素早く受け止めて、柴倉はちょっとだけ優越感に浸った。手から離れたカゴをとっさに受け止めた多喜次が、祐雨子の肩を抱く柴倉に悲鳴をあげた。

「柴倉！」

「タキ、カゴカゴ。小豆が落ちる」

「こいつ……!!」

カゴを持ち直す多喜次に柴倉がにやりと笑った。

「なにをじゃれてるんですか、二人とも」

椅子から転がり落ちなかったことに安堵《あんど》する祐雨子が、柴倉と多喜次を見てお姉さんっぽく注意する。が、しっかりと柴倉のシャツを摑んでいるあたりが威厳を半減させていて、なんとも男心をくすぐるのだ。

「本当、卑怯」

柴倉は小さくつぶやくのだった。


午後を少しすぎた頃、祐が傘を手に店内を覗《のぞ》き込んだ。

「都子を迎えに行ってくる」

「おやっさん、快晴ですけど」

多喜次は困惑していた。西の空に雲はあるがどう見ても雨雲ではない。傘を持ち歩いたら、大多数の人が日傘と考えるほどの晴天だ。

「和菓子の補充は必要ないな？　注文は受けて、なにかあったら電話番号聞いておいてくった。

俺があとでかけ直す」

多喜次の言葉は耳に入らないのか、祐は指示を出すとそのまま裏口から出て行ってしまった。

「ちょっと大げさじゃない？」

柴倉も多喜次同様に困惑顔だった。そんな二人に祐雨子は溜息《ためいき》を返す。

「前に、雨に降られて肺炎になりかけたことがあったんです」

だから注意をしているらしい。

「雨が降ったらコンビニで傘を買えば……」

「急な雨で傘が売り切れで買えないことも多いみたいです。雨宿りしていればいいと何度も言ったんですが、そういうときに限って豪雨なんですよね。全然やまないんです。タクシーもつかまらなくて、やむなく走って帰って、翌日入院、という悲劇が」

呪われているんじゃないかと思うほどの運のなさに多喜次は絶句する。だから祐は心配でいてもたってもいられなくなるのだろう。まあ、夫婦仲がいいのはいいことだ。店も暇だし、よほど大口のお客様が飛び込んでこない限り問題ないだろう。

そんなわけで、『つつじ和菓子本舗』はちょっと気の抜けた時間を手に入れた。もちろんぼんやりしている気はないので、多喜次はさっそく調理場で道具の確認をしはじめた。

調理場にあるものはどれも使い込まれ、祐の手に馴染むように工夫されたものばかりだ。練り切りの成形に使う三角ベラも例外ではなく、祐の好みで一部が削ってある。

「お、俺も、マイ三角ベラ買おうかな」

千円という安価なものは持っているが、次に買うなら花を作るには欠かせない菊芯《きくしん》のあるちょっと高価なものがほしい。手入れは大変だが銅製のぼうず鍋《なべ》も外せない。漉《こ》し器は奮発して籐《とう》と馬毛を一つずつ。ステンレスもあると便利に違いない。いやそれより盛り付けの大本命、まな箸《ばし》が先ではないか。いやいや、まずは手頃に買えるきんとん箸という選択が安牌《あんぱい》――そんな妄想に身を浸しつつ道具を一つずつ見て歩いていると、店内がにわかに騒がしくなった。

「置いてないんですか⁉」

甲高《かんだか》い声に店内を覗き込めば、髪をきれいに編み込んで、レースも愛らしいピンクのブラウスにストライプのミニスカートを合わせ、白いミュールで気合いを入れた若い女の人が真っ青な顔で立っていた。ひまわりのコサージュがついたかごバッグをぎゅっと抱きしめ、涙目で口を開く。

「どうしてフォーチュンクッキーがないんですか⁉」

フォーチュンクッキーってなんだ？　というのが多喜次の感想である。そして、対応している祐雨子からやや離れたところにいる柴倉に近づいた。

「フォーチュンクッキーって？」

「歌であっただろ。たまに総選挙やってる女の子の集団が歌ってたあれ」

ぱっと派手な衣装が思い浮かんだ。

「……ノリノリのとこしか覚えてないんだけど」

サビの部分は何度も繰り返して聴いた記憶があるが、それと和菓子屋が結びつかない。クッキーなのだから食べ物なのだろうという認識だった。

「フォーチュンクッキーはおみくじクッキーとも言うんだよ」

「あ、それならわかる」

正月、祖母に会いに鍵屋へ来たとき、『つつじ和菓子本舗』で期間限定で売られていた。小麦色に焼いたクッキーを割ると中からおみくじが出てくる縁起物《えんぎもの》だ。おみくじクッキーの起源は、恋にまつわる辻占《つじうら》だと祖母が教えてくれたのを覚えている。

「フォーチュンクッキーは店では作っていないんです」

「どうしてですか⁉」

「専門の業者さんが作ったものを仕入れているからです。ですから在庫はありません。もともと縁起物なので、お正月に仕入れるだけですし」

申し訳なさそうに祐雨子が告げると、彼女は愕然《がくぜん》とした。

「あの、……どうして今必要なんですか？」

祐雨子が問うと、めかし込んだ彼女はかあっと頬を染めた。うつむいて、もごもごと口を動かす。なにか訴えているがよく聞き取れない。ショーケース越しに祐雨子が身を乗り出すと、彼女はぱっと顔を上げた。大きな目が潤んでいる。グロスを塗った唇をわななかせ、彼女は深く息を吸い込んだ。

「告白したいんです！」

きんきんと鼓膜に突き刺さる声で、彼女はそう訴えた。


「わ、私、生駒京香《いこまきようか》っていいます！　房ケ矢《ふさがや》大学の文学部二年です！　あ、東《あずま》くんとは同じサークルで、これから十月の文化祭の初打ち合わせで、東くんの家に行くことになってるんです!!」

やばいテンションだった。彼女がいるだけで室温が二度くらい高くなったのではないかと思えるほどだった。顔どころか握りしめた拳《こぶし》すら赤い。

「そこで、誰にも気づかれずに彼に告白したいんです——!!」

「こ、これから会うなら、普通に遊びに誘えば……」

祐雨子のもっともな意見に、京香はもげるのではないかと心配になるほど激しく首を左右にふった。

「そんな恐れ多い！」

思いがけない返答に祐雨子がたじろぐ。告白をすっ飛ばしてプロポーズしてしまう感性の多喜次は、自分の出る幕はないとおとなしく口をつぐんだ。柴倉もこの手の話題に口を挟む気はないらしく、静かに動向を見守っていた。

「え、えっと、遊びに誘うのが難しいなら、お、お茶淹《い》れるのを手伝いながら、二人っきりになったときを狙って告白するとか」

「そんなことできたらとっくにやってます……!!」

祐雨子の新たな提案に泣きそうな顔で反論された。告白してデートに誘うのも、デートの最中に告白するのも、確かに京香の性格なら厳しいかもしれない。

「メ、メールとか」

「メアド知りませんっ」

このぶんでは電話番号も期待できないだろう。ＳＮＳでこっそり告白、なんてことも考えていなさそうだ。

「手紙とか」

和菓子屋に来るのだから古典的なものが好みなのではないか。そう思って多喜次が勇気を出して案を出したら、即座に涙目の京香に睨まれた。

「て、手が震えて書けないんです……!!」

言っているそばから震えだした。どうやらそのときのことを思い出しているらしい。重症だ。告白ってこんなに大変なのかと、多喜次は再び押し黙った。

「だからフォーチュンクッキーを！　そこに好きですって一筆書いてもらって渡そうと思ったんです。みんなにいっせいに渡したら、他の人にはバレないかなって……!!」

大胆なのか小心なのかいまいち判断に困る思考回路だ。

「和菓子屋さんのものだったら、東くんのお母さんにも〝和菓子好きの女の子〟でおしとやかアピールできるし、告白もできるし」

なるほど印象操作かと、多喜次は一人納得する。洋菓子もいいが、和菓子を手土産にすると〝東くん〟の家族に与えるインパクトも大きそうだ。テンパってはいるが、いろいろと考えた上で和菓子屋に訪れたのだろう。

が、祐雨子は乙女心をスルーしてど直球で質問を投げた。

「自分で作ってもいいいんじゃないでしょうか？」

「ハードル高すぎます！」

「高いですか」

これから東宅に向かうのであれば間に合わないのでこの案は当然却下だ。祐雨子はうなり声をあげる。それを見て、京香はうつむいた。

「か、彼、すごく強面《こわもて》なんです。いつも眉間《みけん》に皺《しわ》が寄って、口が真一文字で、難しい本を読んでいて、ちょっと近寄りがたくて」

華やかな大学のキャンパスに、そんな男がいたらかなり浮いて見えるだろう。多喜次はちょっと想像する。難しい本を難しい顔で読む男。それを遠くから見つめる彼女。声をかけたくて、でもかけられなくて、想いだけを募らせる日々――進展の望めないそんな日常に、一筋の光が差す。仲間たちと一緒とはいえ、彼の家にお呼ばれすることになったのだ。気合いを入れて当然だ。格好だってそれを物語っている。編み込んだ髪は相当時間がかかっているに違いない。服だってこの日のために新調したのだろう。お気に入りのバッグにかわいいミュール。いじらしい乙女心だった。

「甘いものは苦手だって話を聞いてて、でも、和菓子だけは好きなんだって、彼が私にこっそり教えてくれたんです。だから今日、どうしても和菓子屋さんのフォーチュンクッキーがほしくて……!!」

夏は恋の季節だ。誰だってきらめくことができるこの季節、彼女はそれに賭けたのだろう。今日、この日。それが素直に伝わってきた。

「じゃあ、店頭に並んでいる和菓子とかどうですか？」

多喜次は身を乗り出すように尋ねた。

「フォーチュンクッキーなんてまだるっこしいことせずに、彼が好きな和菓子を持っていくのはどうですか？　どんな和菓子が好きか訊いてませんか？」

「好きな和菓子は、訊いてません。は、話せたことだけで、舞い上がってしまって」

どんだけ大好きなんだと多喜次は思わず苦笑を漏らす。こんなに想われて、ずいぶんと幸せな男がいたものだ。

「まんじゅうが好きだとか、餅系が好きだとか、羊羹《ようかん》派だとか、そういうの」

多喜次の問いに京香は涙目で首を横にふる。細い肩がぶるぶると震え、唇は切れるのではないかと思うほどに嚙《か》みしめられていた。

しばらく沈黙し、ふっと息を吐いた次の瞬間、彼女は弾《はじ》かれたように顔を上げた。

「だったら、なにか恋にまつわる品物はありませんか⁉　和菓子って、和歌をヒントに作られたものも多いんですよね⁉　和歌だったら恋の歌も多いから！」

「恋の歌に沿って作られた和菓子ですか？」

「東くんも文学部なんです。専攻は、日本文学です！　彼にだけわかる恋のメッセージがこもった和菓子はどれですか⁉」

必死で京香は問いかける。なりふり構っていられない、そんな気迫に押され多喜次はショーケースへと視線を落とす。先月なら『織姫《おりひめ》』や『彦星《ひこぼし》』があってわかりやすくてよかったのに――そう思ったが、その二つを選んだら説明したとき周りの人に気づかれかねなかっただろう。

今求められているのは、それなりに知識のある人間しか気づかない恋のメッセージを織り込んだ品。日本文学に造詣《ぞうけい》が深い人間ならわかる一品だ。

八月は、つぶあんを餅でくるみ羊羹で細工をほどこした『うちわ』、色の移り変わりが美しい練り切りの『朝顔』、黄色のそぼろあんでふんわり仕上げた『ひまわり』、錦玉羹《きんぎょくかん》に沈んだ白い花びらが目を惹《ひ》く『百合《ゆり》』、川の水の流れを錦玉羹で表した『せせらぎ』、七月に作った『天《あま》の川《がわ》』の変形バージョンともいえる全面に星をちりばめたイメージで作られた錦玉羹『満天』、練り切りで愛らしく作られた夏の風物詩『スイカ』、他にはところてんや葛餅《くずもち》、まんじゅうの類が並ぶだけだ。

「恋の歌でしたら『朝顔』がそれにあたるかと思います」

祐雨子がショーケースを眺めつつ答える。さすが和菓子屋の娘と、多喜次は内心で拍手喝采《かっさい》した。

「どんな歌？」

「〝臥《こ》いまろび　恋ひは死ぬとも　いちしろく　色には出《い》でじ　朝顔の花〟」

「意味は？」

　続けて多喜次が問うと、祐雨子は少し考えるような仕草のあと、そっと視線を床に落とした。そんなに恥じ入る内容なのかとドキドキした多喜次の耳に、

「恋に焦がれ、たとえ死んでしまっても顔に出したりはしません」

　思いがけず強烈な言葉が飛び込んできた。明るい未来を夢見て届けるのに、恋と死を結びつけては重すぎる。

「お、怨念《おんねん》を感じる」

　とても京香には似合わない。

「あ、朝顔なら他にもあります。〝言《こと》に出《い》でて　言《い》はばゆゆしみ　朝顔の　ほには咲き出ぬ　恋もするかも〟」

「祐雨子さん、それ朝顔になってるけど、朝に咲く花全般の意味で使われてなかったっけ？　現代の朝顔にはあてはまらないかも」

　神妙な顔で聞いていた柴倉が口を挟んできた。なるほど、和菓子職人は学もいるらしい。

今度、和歌の載った本を買ってくる必要がある。渋い顔でそんなことを考えていると京香が涙目になるのが見え、多喜次は慌てて携帯電話を摑んだ。知識がないなら補うツールを活用すればいい。鼻息荒く『ひまわり』を検索する。しかし、該当するものはなかった。『百合』は逆に妙に艶《つや》っぽく、女子大生が告白に使うとなると重々しくて生々しかった。もう少しひかえめで、恥じらいをにおわせるフレーズがほしい。そんなことを考えて探していたら、あっという間に検索が終わってしまった。

顔を上げ、そろりと尋ねてみる。

「打ち合わせって、何時からですか?」

「四時からです。そのあと、みんなで飲みに行こうって話になっていて」

「もうそのときに告白しちゃえば！　アルコールの力を借りて！」

勢いに任せて多喜次が提案すると、京香は再び首がもげそうなほど横にふった。

「は、恥ずかしくて、隅《すみ》の席に座る自信がありません……っ」

そんなものは自信のうちに入らないのだが、京香の様子からすると本当に実行されそうで怖い。盛り上がる室内とは裏腹に、どんよりとする女性。そして、その対角線上、もっとも離れた場所に座るのが彼女の想い人である。言葉どころか視線すら合わない位置関係は、絶望的状況を示唆《しさ》していた。

「おやっさんに連絡取って……」

「祐さん、携帯電話持ってないだろ」

「あ、そうだった」

柴倉に指摘されて多喜次は口を閉じた。基本的に店にいるし、プライベートまで束縛されたくないと、祐は携帯電話を持たない。

「だったら、祐雨子さん、おばさんに電話！」

合流していれば話を聞ける。そう思って頼んだが、あいにくと都子は楽しい食事会を終えて楽しいお茶会の真っ最中で、当然のことながら祐とは会っていなかった。

「俺、駅に行ってきます！」

多喜次は即座に店を飛び出した。吐き出す息と吸い込む空気が同じ温度という正気の沙汰とは思えない状況で駅まで突っ走り、改札で事情を説明してホームを確認した。しかしそこに祐の姿はない。お礼を言って改札を出て、近くにあるコンビニやファミレスを回ってみたがやっぱり見つからない。

多喜次は真っ青になって携帯電話を握った。

「祐雨子さん、おやっさんが見つからない！」

『駅にいないんですか？』

都子の帰りを待っているなら駅にいると考えたのは多喜次だけではなかったようで、祐雨子の声も戸惑いに揺れていた。

「う、うん。ホームにはいなかった。近くにもいない」

『わかりました。ひとまず戻ってきてください』

通話を切った多喜次は、再びうだるような暑さの中を店まで全力で駆け戻った。店では祐雨子たちが手分けして『花花会』の面々に電話をして恋にまつわる夏の和菓子を尋ねていた。花城《はなしろ》・花脇《はなわき》和菓子友の会、通称『花花会』は、かわいらしい名前から想像もつかない酸《す》いも甘いも嚙み分ける和菓子職人の集まりである。

多喜次は期待を込めて見守った。

しかし、希望通りの答えは得られていないらしく京香の顔色は冴えなかった。

「柴倉くん、なにかいい案はありませんか?」

電話を切って、祐雨子は柴倉を見た。こういう場合、祐雨子が頼るのは駆け出しのひよっこ和菓子職人見習いではなく、職人としての経験豊かな柴倉なのだ。そう思うと多喜次の気持ちは深く沈む。

だが、柴倉の反応も鈍い。

「俺、栄養面は好きだったからいろいろ調べたけど、和菓子が好きってわけじゃなかったんで和歌とかには食指が動かなかったんです。だからそっち方面弱くて……」

どうやら多喜次より多少マシという程度の知識であるらしい。そこまで後《おく》れを取っていないのだと知ってほっとした気持ちと、京香を見て焦る気持ちが胸を占める。

「――おやっさんならなんかわかったのかなあ。連絡つかないかなあ」

「……ヒントくらいは見つかるかも」

多喜次の独り言に、祐雨子がぽつりと言葉をこぼす。

「柴倉くん、店番お願いします」

やっぱり頼りにするのは柴倉なのか、そう多喜次が肩を落としたとき、祐雨子に腕を取られた。

「多喜次くん、探し物を手伝ってください！」

多喜次は祐雨子に連れられて、階段を駆け上がった。


倉庫として使っている二階の一室は、劣化を防ぐために普段は昼間でもカーテンが引かれている。そのおかげで急な室温上昇からもまぬがれているが、蒸れた埃《ほこり》っぽい空気というのは想像以上に息苦しい。祐雨子はカーテンを開け、窓を全開にする。不安げにしている多喜次を手招き部屋の奥——さまざまな道具や材料に埋もれるように書棚が置かれている場所へと案内する。祐雨子は書棚から大学ノートを数冊引っぱり出した。

「これは？」

多喜次が不思議そうに大学ノートを見る。そして、ページをめくって息を呑《の》んだ。そこに描かれているのは数々の和菓子とそのレシピ——祐が店で働くようになってから書き留めてきた、彼の歴史だった。人気のあった和菓子は翌年も作る。人気のなかったものはアレンジを加える。そうして日々積み重ねてきた努力が三十冊にも及ぶノートだった。

「誰だって一朝一夕《いっちょういっせき》にうまくなるわけじゃないんだよな」

多喜次が自分に言い聞かせるようにつぶやく。真剣な眼差《まなざ》し。そこには敬意や覚悟がにじんでいて、まっすぐで、真摯《しんし》で、とてもまぶしかった。

「——探しましょう。なにかヒントがあるかもしれません」

「うん」

二人でノートを開いて片っ端から目を通していく。祐は意外とロマンチストらしく、和歌からの引用も多かった。ただしそれらが細かく記されているのはノートのはじめだけで、途中からは記憶しているのかメモは取っていなかった。

「う————ん。それっぽいのはないなあ。『朝顔』持っていってもらったほうが早いかも」

多喜次がうなる。京香のイメージではないし、『朝顔』だと範囲が広すぎではあるのだが、間違っているわけではないのだ。

「でも、せっかくなら彼女らしいものを選んでもらいたいですよね」

「……そうだよなあ」

祐雨子の言葉にうなずいて、多喜次はふっと視線を上げる。棚の隅に本が数冊置いてある。万葉集や古今和歌集、新古今和歌集、さらには百人一首などの本だ。和歌といえば万葉集だが、和菓子で謳《うた》うのはそれだけではない。

背表紙に触れた多喜次の顔からすうっと血の気が引いていく。

「どうかしたんですか?」

「……返歌もらえなかったの思い出した」

がっくりと多喜次が肩を落とす。

「へんか?」

「なんでもないです」

首をふった多喜次が本を手に取り目次に目を通しだした。なんの「へんか」なのか尋ねようと口を開いたが、祐雨子も結局同じように本へと手を伸ばした。

今まで気にしたこともなかったが、確かに夏と限定すると恋の歌は少ないように思う。

だから祐も積極的に和歌を題材にした練り切りを作らなかったのかもしれない。恋の歌は多いのに、肝心のものが見つからない。目次にざっと目を通し、恋や夏をテーマにした歌を見つけてはページを開いて内容を確認する。単調な行動を繰り返すうち、焦る気持ちで目が滑りだした。気持ちを落ち着けるように深呼吸し、祐雨子は別の一冊を手にする。

しばらく黙々と調べていると、多喜次が「あっ」と声をあげて祐雨子に本を見せた。

「これ！　この花！」

それは、野に咲く花だった。細くしなやかな茎《くき》に可憐《かれん》な赤い花を、まっすぐ顔を上げるようにして咲く。同種の有名な花に比べれば決して大輪という部類ではない。けれど、ひそやかに華やかに咲くその花は、京香のイメージにぴったりだった。

一度気づけば何度でも目に留まる、彼女にはそんな個性がある。

歌に目を通し、祐雨子は息を呑んだ。

「これ！　これを柴倉くんに作ってもらいましょう!!」

添えられた解説も理想的だった。祐雨子が興奮して声をあげると、多喜次も安堵したように微笑《ほほえ》んだ。

「うん、柴倉に作ってもらおう」

そう告げる声は、少し傷ついているように聞こえた。

ああ、本当は自分が作りたいんだ——祐雨子は多喜次の思いに言葉を失う。作ってあげたい。だけどその腕がない。そのことを恥じて、悔しくて、だけどそれを自分の中に押し込めて、無理に笑おうとしている。

「多喜次くん」

祐雨子は多喜次に向き合うと、彼のシャツを摑んで引き寄せた。額と額を合わせて「大丈夫ですよ」と励まそうとした。が、勢いがあまってしまった。頭突きをするように思い切り額をぶつけてしまい、目の前に火花が散った。

「い……っ!!」

痛すぎて声も出ない。お互いに額を押さえてしゃがみ込み、ひとしきりうめいたあとで変な笑いが込み上げてきた。多喜次を見ると彼の肩も揺れていた。我慢できないと言わんばかりに彼が声をあげて笑うのを聞き、祐雨子もつられて笑った。

どうしてこんなことをしたのかと問わず、そうして笑ってくれるのが彼の優しさなのだろう。

「行こっか」

明るい表情で立ち上がり、窓の施錠《せじょう》をすませるとさりげなく手を差し出してくる。その仕草にちょっとドキリとした。祐雨子が緊張気味に手を差し出すと、指が触れ、しっかりと摑まれる。そのまま強い力でひょいと引き上げられると、勢いでよろめいた祐雨子を多喜次が軽く抱きとめた。

そして、すぐにぱっと離れていく。

「ご、ごめん」

そむけた顔は耳まで赤い。再びつられて祐雨子まで赤くなってしまった。

「私こそ、すみません」

「俺も強く引っぱりすぎた」

「いえ、あの……急に、変なことをしてしまって」

「ああ、うん」

多喜次は額をひと撫《な》でした。

「なんか、すっきりした。行こう」

そう笑って、多喜次はもう一度祐雨子を誘った。本を手に二人で一階に行くと、柴倉がネットで調べた和菓子屋に電話をかけていた。祐雨子たちを見て首を横にふった彼は、すぐに奇妙な表情で目をすがめた。通話を切るとずいっと多喜次に詰め寄ってなにやらぼそぼそと言葉を交わす。どうやら祐雨子と多喜次の額が赤いことを気にしているらしかった。

祐雨子がぺたぺたと額を触っていると、不安げな京香の姿が見えた。

「多喜次くん」

「あ、うん。——柴倉、これ作って」

祐雨子の呼びかけに多喜次が本を開いて差し出した。

〝夏の野の　繁みに咲ける　姫百合の　知らえぬ恋《こひ》は　苦しきものぞ〟

差し出したのは万葉集。その一首に、柴倉が目を通す。

「夏の野原の茂みにひっそりと咲いている姫百合のように、相手に知られない恋は苦しいものです」

祐雨子が歌の意味を読み上げる。真っ赤になってぎゅっとかごバッグを抱きしめて立つ、そんな京香にぴったりの、秘めたる想いをつづる恋の歌。彼女が抱く慎《つつ》ましくも一途《いちず》な想いを伝えるなら、この歌が合うだろう。

「……姫百合？　百合って、これじゃなくて？」

柴倉が指さしたのは、八月の和菓子でもある『百合』だ。白い優雅な花を模《も》した和菓子に祐雨子は首を横にふった。

「もっと小ぶりで赤い——朱色に近い、赤い百合です」

多喜次が携帯電話の検索結果を見せると、柴倉は「ああ、これか」と納得したようにうなずき、すぐに戸惑い顔になった。

「俺、成形はできてもデザインにはあんまり自信ないんだけど」

柴倉が作る和菓子は店で出すあらかじめ決まったものが中心で、彼自身が新たに作り出したことはない。だから躊躇《ためら》う気持ちもわかる。

どう説得しようかと祐雨子が思案げに口を開いたとき、多喜次がスナップをきかせて柴倉の背中を叩いた。

「なんだよ⁉」

「なに弱気になってるんだよ。お前なら作れる！　父親直伝の腕で『朝顔』をアレンジしただろ！　やる前からびびってんじゃねーよ！」

勢いで前のめりになった柴倉は、多喜次の言葉に大きく目を見開いた。口角がちょっと引き上がる。笑みの形だ。キッと多喜次を睨んだとき笑みが消え、どこか不遜《ふそん》な表情になっていた。

ああ、男の子だなあ、と、祐雨子は思う。

同じ道をこころざす人が近くにいるというのは、こんなにも幸せなことなのだ。

「びびるわけないだろ」

ぶっきらぼうに言い放ち、柴倉が強い眼差しで京香を見た。

「『姫百合』をお作りするので、少しお待ちいただけますか？」

3

デザインを決めるのにかなり時間がかかった。とはいえ残された時間は一時間もなく、柴倉の案に多喜次がダメ出しし、多喜次の案に柴倉がダメ出しするということがしばらく続いたあといくつか出た草案から祐雨子と京香が一つを選び、さらに手を加えるという形でデザインが決まった。色はデフォルメしすぎないよう注意した。朱色をメインに花びらにわずかなグラデーションを入れ、めしべは黄色、おしべは濃い橙《だいだい》にする。そして細い葉を蔓草《つるくさ》模様に組み合わせ、斬新で繊細な和菓子ができあがった。

苦労した甲斐《かい》あって京香は一目で気に入り、手放しで褒め、自分と友人、さらには想い人の家族分の和菓子を購入し、花のような笑顔で店をあとにした。

残ったのは屍《しかばね》である。

「あー、緊張した……!!」

笑顔で京香を見送った柴倉がへなへなと座り込んでいた。緊張が解けた彼は、壁に側頭部をこすりつけるようにしてうめいている。

デザインのベースは柴倉のものが採用された。できあがった和菓子を思い出した多喜次は、柴倉が昔ながらの味を守り続けようとする父親とは違う職人になるのだと確信した。

嫉妬はある。だがそれよりも、すがすがしいほどに憧れが強い。思いを形にできる柴倉は、一人前の和菓子職人だった。

「今日作った『姫百合』さ、おやっさんに見せていいんじゃないか？」

多喜次の一言に柴倉が驚いたように顔を上げる。

「商品化、いけると思う。お前すげーわ」

柴倉はまた顔を伏せてしまった。もっと喜ぶかと思ったのに反応が薄い。眉をひそめる多喜次にするりと近づいてきた祐雨子が「照れてるんですよ」と耳打ちしてきた。

「多喜次くん、ナイスフォローでした」

祐雨子がにこにこと褒めてくれた。ここは柴倉を讃《たた》えるところじゃないのかと思いつつも、こうしてちゃんと見てくれていることが嬉しくて口元がゆるんでしまう。

自分のペースでいいのかもしれない。彼女に認められるとそう思えるから不思議だった。焦るのは悪いことじゃない。対抗心はときとして成長の促進剤になる。けれど、ずっと気が張っていたらきっと押し潰されてしまう。

祐雨子はそんな大切なことを気づかせてくれる。

「祐雨子さんもナイスフォロー」

多喜次はとっさにそう返した。不思議そうな彼女に笑みを向けると、「うまくいくといいですね」と小さく聞こえてきた。

「告白、うまくいくといいですね」

しみじみ繰り返す彼女に、多喜次はちょっと複雑な心境になる。

「──告白は失敗するんじゃないかな」

「えっ」

「よっぽど和歌に詳しくないと『姫百合』の歌なんて出てこないよ。俺が知らないならまだしも、祐雨子さんも知らなかったわけだし。告白は失敗すると思う」

「え……ええ!?」

祐雨子がおろおろと慌て出す。そのまま店の外へ出て行こうとするのを、多喜次は即座に止めた。

「だけど、気持ちは伝わるよ」

多喜次は断言し、柴倉へと視線を投げる。

「な、柴倉?」

「……まあ、伝わるんじゃないかな」

「ど、どうしてですか!?」

祐雨子が当惑して多喜次と柴倉を見た。意外とこういうところは鈍いみたいだ。多喜次は「つまり」と言葉を続けながらがりがりと頭を掻いた。

「強面で無口な——たぶん、口下手な〝東くん〟が、自分が和菓子が好きだってことを彼女だけに言ったんだよ。あえて、たった一人に。なんとも思っていない人に、わざわざそんなこと言わないよ」

「言いませんか？」

祐雨子が意外そうに目を瞬《またた》いた。多喜次は彼女が誰を基準にしているのか気づいて赤くなった。

「お、俺だったら言うかもしれないけど、」

言葉を切る。相手が好きだろうと好きでなかろうと、多喜次ならほいほいと口にするだろう。けれどちょっと待ってほしい。なにも多喜次が能天気すぎて見境なしというわけじゃない。祐雨子にしか伝えない言葉だって、ちゃんとあるのだ。

咳《せき》払いをして多喜次は言葉を続けた。

「彼女から聞いた彼のイメージでは言わない」

「——つまり？」

多喜次はちょっと躊躇ってから口を開いた。

「はじめから両思い」

祐雨子の目がまん丸になる。

「じゃあわざわざ和菓子を作る必要なかったんじゃ……」

祐雨子に見つめられ、多喜次はそっと顔をそむけた。

祐雨子の言う通り一連の行動は何一つ必要なかった。実に単純な〝東くん〟の心理を京香に伝えれば、和菓子を手土産にするなんて遠回しなことをしなくてもすんだはずだ。相手の気持ちがわかっているのだから、京香のアプローチも当然変わっていただろう。

けれど――。

多喜次はちらりと祐雨子を見た。

男心としては、自分のために一生懸命になってくれる女の子の姿が見たいのも事実。京香のようなタイプが心を砕いてくれると知れば、彼の愛情も深まるに違いない。

「必要はあったと思います」

押し黙った多喜次に、柴倉がぽつりと賛同する。さすが同性、男心はちゃんと理解しているらしい。

多喜次が深々とうなずいたとき、外から雨音が聞こえてきた。窓に雨粒があたるのを見て、驚いて引き戸へ駆け寄りぎょっとした。いつの間にか分厚い雲が太陽をおおい隠し、大粒の雨がアスファルトを叩いていたのだ。激しい雨足に視界が白くけぶっている。ライトをつけて走行する車がある。突然の雨に驚いたのか、至る所で雨宿りする人たちがいた。

引き戸を開けて茫然《ぼうぜん》としていると、柴倉が隣に立って外を覗く。

「なあ柴倉、今日って予報、雨だっけ？」

「タキが自分で快晴って言っただろ」

快晴だった。今朝、ネットニュースを見て太陽のマークが暑苦しく描かれた天気予報にうんざりしたことを思い出す。降水確率は一〇％。紫外線注意。熱中症対策を謳う広告がでかでかと表示されていた。

「い、生駒さん、駅に向かいませんでしたか⁉」

ますますひどくなる雨足に多喜次と柴倉が驚倒していると、そんな二人のあいだから、祐雨子がひょっこりと外を覗き込んできた。近すぎる距離に多喜次がドギマギし、そろりと体を傾けて祐雨子のスペースを作ってやった。

「ぬ、濡《ぬ》れてる女の子は、それはそれでいいもんだと思います」

いつもと違う顔が見られるのだ。決して悪くはないだろう。むしろ歓迎するかもしれない。多喜次としては大歓迎だ。

「多喜次くん、不謹慎です」

雨に濡れた祐雨子さんはかわいかったなあ、なんて考えていた多喜次は、当人に叱《しか》られて肩をすぼめた。

「すみません」

頭を下げたとき、とんっと祐雨子の肩が触れた。何気ない、ほんの一瞬の接触。そんな刹那《せつな》に熱を感じ、ドキドキしてしまう。

「えっと、じゃあ、傘でも届けに行く？」

「今から追いかけても、追いついた頃には駅だろ」

祐雨子を誘おうとしたら柴倉が釣れた。どうしてこのタイミングで会話に割り込んでくるんだと睨むと、柴倉は面倒くさそうに言葉を続けた。

「駅に向かったとも限らないし、行くだけ無駄です」

「そうですね。……生駒さん、濡れてないといいのですけど……あ……っ」

駅に続く道を不安げに見つめていた祐雨子が小さく声をあげる。まさか京香が戻ってきたのかと慌てた多喜次は、雨にけぶる町の中、透明傘がゆらゆらと近づいてくるのを認め目をすがめた。傘の柄《え》を持っているのは祐だった。そして、祐に寄り添うようにして歩いているのは都子である。

「お父さん、無事にお母さんと会えたんですね」

祐雨子がほっと胸を撫で下ろすのとは反対に、多喜次は困惑していた。

「ど……どうやって連絡取り合ったんだ……？」

「タキがホームにいたの気づかなかっただけじゃないの？」

「ちゃんと改札入って隅々までホーム見たよ！　近くの店だって確認したし！」

「じゃあなんで見つけられなかったんだよ」

柴倉の問いに多喜次はなにも返せない。夫婦だから阿吽《あうん》の呼吸に違いないなんて、祐を見つけ損なった言い訳にもならない。

「でも、そのおかげで二人で一緒に帰ってくることができたわけですし」

頑張ったときにフォローしてくれるのは嬉しいが、失敗にしたときにフォローされるのは切ないんだな、と、祐雨子の一言に多喜次は複雑だ。

祐たちは見られていることに気づいていないようで、みんなが辟易《へきえき》としている土砂降りの中、雨を楽しむようにゆったりとした足取りで歩いてくる。傘を都子のほうに傾けすぎて、祐の右肩はびしょ濡れだ。都子だって、せっかくおしゃれをしたのに足下から濡れている。それでも二人は、とてもとても楽しそうだった。

そんな二人を眺めていたら「そういえば」と祐雨子の声が聞こえてきた。

「私が生まれた日も豪雨だったそうです。記録的な集中豪雨。ニュースになったって聞いたことがあります」

究極の雨女。そんな人が実際いるのかと、多喜次はまじまじと都子を見る。そこで思いいたった。

「だから祐雨子さんの名前にも〝雨〟が入ってるのかな」

ニュースになるような雨の日に生まれた女の子。父親から〝祐〟の一文字をもらい、記念すべく集中豪雨から一文字取って、彼女の名前は形作られる。

恵みの雨。

そしてその雨が降るタイミング――。

さまざまなシーンで雨に降られてはいるが、多喜次が聞く限り、都子が面倒だと思ったに違いない行事に関しては雨が降っていない。

つまり雨が降るのは、都子が嬉しかったり楽しかったりしたとき。

祐雨子が生まれた日が豪雨であったなら、娘を胸に抱いたその日は、彼女にとって最高に幸せな一日だったのだろう。

恵みの雨の一文字を名前に入れるなんて、祐たちは相当ロマンチストに違いない。実際、七夕《たなばた》のときに『織姫』と『彦星』の和菓子をそれぞれ作ってしまうのだから――そう考えて八月の和菓子である『満天』が、『天の川』と連作であることに気づく。

また来年、星の海を渡って恋人たちの逢瀬《おうせ》が果たされるのだろう。

「……俺もあんなふうになりたいな」

多喜次が無意識につぶやく。手のひらにいろんな想いを詰め込める職人。いくつになっても互いに思いやることのできる関係は、きらきらと輝いてまぶしく見える。

多喜次はちらりと祐雨子を見た。大粒の雨に手を伸ばす、そんな仕草に胸がざわつく。

「祐雨子さん」

声をかけたそのとき、ぐいっと背中に圧力がかかった。柴倉が手を伸ばし、多喜次の背中を押したのだ。前のめりになって多喜次だけが店の外に追い出されてしまった。

柴倉が祐雨子の肩に手を回す。

「祐雨子さん、濡れるから戻りましょうね！」

「こ、こら、柴倉！」

目の前でぴしゃりと引き戸が閉められて、多喜次は悲鳴をあげた。

第四章

和菓子日和

1

和菓子屋の繁忙期《はんぼうき》は年に何回かやってくる。年末年始、子どもにかかわる祭事、入学式などなど。そんな行事の中にお盆も入る。

お盆はご先祖様のために蓮《はす》や果物などを模《も》した干菓子《ひがし》を作る。たまに特注で故人が好きだったものを作ったりする。その場合、木型から用意することもある。それくらい力が入っているお客様は、毎年欠かさず注文を入れてくれる〝上客〟だ。干菓子は米粉や豆粉などを使って作る場合もあるが、和三盆糖《わさんぼんとう》を指定されることもあった。高価になるが、供えたあとはおいしくいただける。ここら辺は家人の好みも含まれていた。

舞い込んでくるさまざまなリクエストに応《こた》えるのが職人だ。普段は練り切りに心血をそそぐ『つつじ和菓子本舗《わがしほんぽ》』の和菓子職人、蘇芳祐《すおうたすく》も、お盆に合わせ連日連夜干菓子作りに精を出していた。

お盆が終わると店はまた夏のまったりした日常に立ち戻る。

祐はというと、夏でもさっぱり食べられる練り切り作りに知恵を絞る毎日へと戻っていくのだ。

和菓子教室が『つつじ和菓子本舗』で開催されるのは、お盆の繁忙期も終わり、アスファルトで目玉焼きが焼けそうな、そんな休業日に開かれた。

2

「参加者十三組、二十人。……二十人って、よくこんなに集まったよなあ」

材料の最終チェックを多喜次《たきじ》とおこなっていた柴倉《しばくら》は、レポート用紙を見てうなった。子どもの頃から和菓子作りをさせられていた柴倉にとって、材料費とはいえお金を払ってまで和菓子を作りたがる心情がさっぱり理解できなかったのだ。ならば無料なら作っただろうか。否《いな》だ。和菓子屋に行けば和菓子を買うことができる。そんな状況で、仕事でもないのにわざわざお金を払って自分で作る意味がわからない。

もしかして、暇人が来るのだろうか。

二十人の暇人。灼熱《しゃくねつ》の中、物好きにもほどがある。

「おやっさんが言ってただろ。毎年来てくれる人がいるって」

柴倉が悶々《もんもん》としていると多喜次が声をかけてきた。毎年夏の暑い日に和菓子作り。どう考えたって度を越した酔狂《すいきょう》だ。

「それから親子連れとか。夏休みの自由研究用」

今日日《きょうび》、和菓子のレポートを見て「これは素晴らしい！」と感嘆の声をあげる教師がいるのだろうか。小豆《あずき》と砂糖が主力なのに。それとも、今日は小豆と砂糖を煮ました、と書いて花丸でももらえるのかと柴倉は混乱した。

「和菓子レポート、毎年評価がいいらしい」

「り、理解できない」

和菓子を作って高評価だなんて、教師の感性を疑うレベルだ。

「柴倉は和菓子を軽く見過ぎてるんだよ。日本文化だろ！　日本人の心をもっと大切にしろよ！」

「だってだいたいは小豆と砂糖じゃないか」

ぐるぐる繰り返し考えてきたことを柴倉は言葉にする。極端な話、小豆を砂糖で煮込んで丸めれば和菓子として通用してしまうのだ。

「小豆と砂糖ってなんだよ。お前それ乱暴すぎるだろ」

「鹿《か》の子なんて小豆と砂糖でできるんだぞ」

「真ん中は羊羹《ようかん》だって」

「その羊羹がなんでできてるか知ってるか、タキ」

ベースは小豆だ。砂糖を加え、寒天《かんてん》で固めた代物だ。つまり、小豆と砂糖といっても過言ではない。小豆好きにはたまらない一品かもしれないが、柴倉にとっては悪夢だった。

「き、今日作るのは、錦玉羹《きんぎょくかん》だから」

いろいろと想像し、そして柴倉が言わんとすることを理解したらしい。多喜次がそっと顔をそむけた。

錦玉羹は夏を彩る和菓子の一つだ。見た目にも涼しいし、創作意欲の湧く品でもある。

――つい先日、突然の来客に『姫百合《ひめゆり》』を作って渡した。正規の品ではないので代金は受け取っていないが、それを祐に伝えたらどう作ったか再現しろと要求された。祐が心配したのは当然のことながら衛生面だった。その点は柴倉が気づかないうちに多喜次がきっちり管理していたらしく問題はなかった。もっとも、だからいいというわけではない。店は看板を出し〝商売〟をしている。万が一のことがあってはならなかった。

梅雨《つゆ》時にも謎の和菓子騒動があったばかりで、もっと慎重になるべきだったのだ。

後日、祐が大学に電話をして京香《きょうか》に直接会って謝罪することになり、無理を言ったのは自分のほうだと逆に京香から謝罪されてしまった。和菓子を渡したときのことを訊《き》いてみたら、案の定、彼女の想い人は題材にした和歌のことを知らなかった。それでもそれから、彼らが言葉を交わす回数は格段に増えたらしい。

二人の恋は、そうしてゆっくりと育《はぐく》まれていくのだろう。

あの一件で、柴倉は軽率《けいそつ》な行動を猛省した。そして祐は携帯電話を持つようになった。

ちなみに『姫百合』は、作るのに手間がかかりすぎると却下された。細かい作業が多いので、できばえにムラがあるのも不採用の理由だ。だが、「独創性があっていい」と、祐は柴倉を褒めた。それがちょっと嬉《うれ》しかった。

和菓子職人になる気はないが、自分だけの世界を作るのは楽しいかもしれない。

――そんなことを思ってしまった。

「な、ないない、ないないないない」

はっとわれに返って首を横にふっていると、祐雨子《ゆうこ》が慌てたように柴倉の頭を摑《つか》んだ。背伸びをして顔を覗《のぞ》き込んでくる。この人、本当になんでこんなに無防備なんだ、だから変な男に目をつけられて茶飲み友だちになっちゃうんだろ、と、柴倉は胸中で突っ込んだ。どうやら彼女をひそかに想う男は多いらしく、その一人は一カ月に一回訪れて、祐雨子をお茶に誘っているらしい。どう考えても目つきの怪しいストーカーなのだが、行動がオープンすぎて、祐雨子には友人認定されているらしかった。

「どうしたんですか、ご乱心ですか⁉」

祐雨子の真剣な問いに柴倉が項垂《うなだ》れる。ご乱心なんて今どき時代劇くらいでしか聞かない台詞《せりふ》だ。それなのに彼女が言うと、日常会話の一部に化けてしまう。

「柴倉は通常運転だから！」

すかさず多喜次がすっ飛んで割り込んできた。

「そうなんですか、通常運転」

祐雨子がほっと胸を撫《な》で下ろす。そこで納得しないでほしい。

安堵《あんど》した祐雨子は、柴倉の頭から手を離して多喜次を見た。

「多喜次くん、準備終わりました？」

「数はこれでいいと思う。表の鍵、開けておこうか。そろそろ来る頃だし」

「そうですね。お願いします」

祐雨子と多喜次は幼少の頃からの知り合いだ。そして、多喜次が一方的に祐雨子に惚《ほ》れている――というのが、柴倉の認識だ。同時にそれは周りの人間の認識でもある。多喜次の片想いは、祐雨子の両親である祐や都子《みやこ》どころか常連客にも筒抜けで、ひそかに応援している人もいるくらい周知の事実だ。それどころか、なぜくっつかないのかと不思議がる人がいるほどだった。

「ねえ祐雨子さん、ほ、本当におやっさんたち今日来ないの？」

「はい。家で待機してるそうです。火の取り扱いには注意するようにって言ってました」

多喜次の顔が引き締まる。祐雨子は言葉を続けた。

「多喜次くんの衛生管理、お父さんとても感心していました。基本ができてるのは大事だって」

「え、そ、そう⁉」

多喜次は単純だ。祐雨子に褒められるとすぐに天まで昇っていく。よし、と、拳《こぶし》を握る多喜次に苦笑した柴倉は、柔らかな眼差《まなざ》しで多喜次を見守る祐雨子に気づいた。

――果たして、多喜次の想いは本当に一方通行なのだろうか。

弟のように多喜次を可愛《かわい》がる祐雨子だが、それは異性に対する好意とは別なのだろうか。じゃれ合う二人を見かけたことがある。小豆を選別するとき、掃除をするとき、ただ言葉を交わすだけの何気ない行為――その延長に、彼らはじゃれ合う。子猫のように、友人のように、あるいは――。

「柴倉！　ぼーっとしてるなよ！」

多喜次の声に柴倉はわれに返った。

「夏バテですか？　二階にエアコンを入れてもらえるよう頼んだんですが、業者さんの予定がいっぱいで、最短で三週間後という話で……」

祐雨子の不安げな顔。柴倉は無理に笑みを作って「大丈夫です」と返した。

3

和菓子教室の参加者は、お一人様が五組、お二人様が六組、お三人様が一組だった。お一人様は和菓子教室が開かれた初期の頃からずっと来てくれている高齢のご婦人から初参加のＯＬまで幅が広く、それ以外は母と子という組み合わせが圧倒的に多かった。

参加理由は人それぞれ。和菓子に興味があった、今度家で作りたい、話題作りに、なんとなく友人から話を聞いて——そして、自由研究としてレポートにまとめて学校に提出するというもの。

隣の鍵屋から借りたテーブル四台、そして、調理場にある作業台で和菓子を作ることになる。祐雨子は集まってきた〝生徒〟たちを見回してゴクリとつばを飲み込んだ。いつもはサポートに回る祐雨子が、今日は〝先生〟役だ。多喜次と柴倉は初参加なので手順がわからず、必然的に大役が回ってきてしまった。

祐雨子は、市松模様の小振袖《こふりそで》に紫紺《しこん》の袴《はかま》、エプロンに編み上げブーツといつも通りのスタイルで〝生徒〟たちの前に立っている。でも本当は少し違う。着物はクリーニング店から引き取ったばかりだし、ブーツはいつも以上に念入りに磨いてある。エプロンにいたっては新品をおろしていた。

それくらい、今日の彼女は気合いが入っていた。

「こんにちは」

しかしそういった意気込みは意外と伝わらないものらしい。「祐雨子さん、落ち着いてるなあ」と、柴倉の声が小さく聞こえてきて、どうやら自分がいつも通りに見えているのだと悟りつつ祐雨子は〝生徒〟たちに深々と頭を下げた。

至る所から「こんにちは」と声が返ってくる。小さな子は口をつぐんでいたり、逆にびっくりするくらい大きな声で祐雨子の声に応え、保護者の人たちはかしこまった声だ。皆、興味津々《しんしん》といった眼差しを祐雨子に向けてくれている。

そんな中、二つだけ不機嫌顔があった。

一つは夏を満喫したのがありありとわかる真っ黒に焼けた少年、関口飛月《せきぐちひづき》。鍵屋にいる看板猫の雪《ゆき》が気になって、しょっちゅう様子を見にきては祐雨子に声をかけられて叫びつつ逃げていく、あずき嫌いな個性派の小学生である。

そしてもう一つ——ひときわ目を惹《ひ》く美少女が、ぶすっと唇を尖《とが》らせて視線をテーブルに落としていた。不機嫌顔ですら愛らしいのは驚愕《きょうがく》すべき点だと祐雨子はひそかに感心する。彼女の名前は赤木美世《あかぎみよ》。飛月少年が想いを寄せ、そして、玉砕《ぎょくさい》した相手である。

あずき嫌いが治るのではないか、そう考えて祐雨子は飛月少年の母を通し、和菓子教室へと誘った。その結果、飛月少年が母親に引きずられるようにして店に来た。

では、美世は一体どうしてここへ——戸惑いの視線を彷徨《さまよ》わせると、多喜次と目が合った。するりと近づいてきた彼が「ごめん、俺が誘った」と耳打ちしてきた。多喜次は毎月、美世の祖母、鷹橋《たかはし》みつ子《こ》に和菓子を持っていっている。そのとき声をかけたのだろう。まさか飛月少年も和菓子教室に参加するとは思わずに。

多喜次がのんびりと辺りを見回す柴倉を睨《にら》んだ。

「柴倉、二人が参加してるなら一言言えよ！」

名簿の管理は柴倉に一任していた。ただし彼は人数の把握くらいしかしておらず、祐雨子は当日の手順、多喜次は材料の確保で頭がいっぱいで、料理教室にどんな生徒がやってくるかわからないのが常であるように、参加者を細かくチェックしていなかったのだ。

もっとも、事前に参加がわかっていても状況が好転したとも思えない。

「い、いえ、こういうときこそプラス思考です。二人にはなにかしらご縁があるに違いありません！」

祐雨子は拳を握る。好きな女の子のために頑張る男の子と、結果として斜め上になってしまった男の子の努力を一刀両断した女の子。見るからにギクシャクしている二人だが、こうして接点ができるならどこかで関係が修復される機会があるのではないか、祐雨子は前向きに解釈した。

「……祐雨子さん、首突っ込む気じゃないよね？」

「く、首を突っ込むだなんてそんな……」

柴倉から疑わしげな目を向けられ、祐雨子はそっと顔をそむけた。暴走厳禁。今日は〝先生〟役なのだから。

祐雨子はざわめき出す店内を見て口を開いた。

「では、道具の説明からはじめます。手元をご覧ください──」

今日使う道具を一通り説明し終わると材料の説明に入る。すでにいつでも使える状態にまでしてある本日の主役・練り切りと粉寒天、そして、食用色素、甘納豆、グラニュー糖、水あめ、抹茶《まっちゃ》、青のりなど。

「イメージは水です。川でも水槽でも構いません。きれいな水をイメージしてください。その中になにかがいます。なにがいると思いますか？」

小学生低学年とおぼしき少女に問うと、ぱっと手を挙げた。

「スイカ！」

「……ス……？」

いきなり思わぬ切り口できた。祐雨子が口ごもると、隣にいた母親が「おほほ」と口元を引きつらせた。

「ご、ごめんなさい。おばあちゃんのところに行ったら、スイカを川で冷やしてたの。それが気に入っちゃったみたいで」

「そうだったんですか。だったら、スイカを作りましょう。他には？」

「はい！　河童《かっぱ》！」

――なんだか今年はバラエティー豊かになりそうだ。元気に答える少年に祐雨子は微笑《ほほえ》む。金魚や鯉《こい》といった魚系も出て、皆がラップに包まれた練り切りを手にする。

「練り切りは、求肥《ぎゅうひ》としろあんをあわせたものです。乾燥しやすいので、使わないときはラップに包むくせをつけておいてください。食用色素は食べても平気なインクのようなものです。絵を描くときのものは食べられないので気をつけてくださいね」

誤って子どもが絵の具を食べたら大変だと、祐雨子は慌てて注釈を加える。

「今回は液状のものを用意しましたが、粉状のものの場合はあらかじめ少量のお水で溶いておくと使いやすいです。服につかないように注意してください」

一度にたくさん入れすぎないよう伝えたあと色つけがはじまった。店内は一気に騒がしくなり、皆は錦玉羹に入れる練り切り作りに夢中になる。川をイメージしている人には、軽く洗って粉を落とした甘納豆を石に見立てるよう提案した。練り切りに青のりを加えれば苔《こけ》むした岩のできあがりだ。抹茶を入れてカエルや河童が作られ、今にも歩き出しそうな謎の金魚ができあがる。女の子にはハートや星が人気だ。どれもこれも個性が光った。

「和菓子職人が形無しだ」

多喜次が笑う。

「自由な発想には勝てませんよね」

祐雨子もうなずく。中には水車を作り出す子どももいた。練り切りが足りず、冷蔵庫から取り出して追加する。そうして騒がしく作業が進んでいった。誰も彼もが笑顔だったが、やはり、笑っていない者もいた。

「祐雨子さん、タキ、あれ」

柴倉の声に視線を彷徨わせ、祐雨子は「あ」と声をあげる。美世が口をへの字にしてなにか作っていたのだ。しかし、なにを作っているのかまるで見当がつかない。赤いお団子だから金魚を作っている途中かもしれない。いや、トマトという線も捨てきれない。かわいらしくさくらんぼという可能性もある。あるいは、彼女の思い出の品か。

「……あれ、心臓じゃね？」

「バカだな、柴倉。どう見ても肝臓だろ」

「ど、どうして臓器限定なんですか？　もっと夢のあるものを作ってるかもしれないじゃないですか！」

多喜次と柴倉の会話に祐雨子が小さく悲鳴をあげる。すると多喜次は腕を組みつつ思案した。

「うーん。火星探査機？」

「いきなり探査機はないだろ。まず火星からだ」

「テーマは〝涼〟です。水のせせらぎです。臓器でも火星でもありませんから！」

「わかった、火の玉だ！」

「なるほど、心理的に寒気を演出してるわけか。タキ、いいところを責めてくるな」

和菓子にホラーは求められていない。少なくとも祐雨子は見たことがない。あれこれと思案する二人の謎の思考回路に祐雨子は肩を落とす。そのとき、美世を気にする飛月少年の姿が視界を横切った。派手に失恋したとはいえ、彼はまだ彼女に想いを寄せているらしい。未来の大口顧客様候補と未来の大口顧客様が手に手を取り合えば、さらなる躍進が望めるかもしれない。

「ひ、一肌脱ぐしかないですね……!!」

「あ、祐雨子さんがだめなこと考えてる」

「フラグだ、フラグ。こういうときは絶対失敗するんだよな。祐雨子さん、ホントやめたほうがいいって」

多喜次も柴倉も消極的だった。祐雨子はちらりと飛月少年を見る。頻繁に雪の様子を見に鍵屋に訪れていた少年は、美世にふられてからめっきり来なくなった。きっとあれから、学校でもまともに話していないに違いない。

そうこうするうちに長い夏休みに入ってしまった。

このままではさすがに不憫《ふびん》だ。

そう思っていた祐雨子は、飛月少年の手元を見て息を呑《の》んだ。もともと指先が器用な彼は根気があり、センスもいい。そのせいか、着色の方法や生地の合わせ方、ぼかし方、道具の使い方を簡単にレクチャーしただけで、きちんとしたものを作っていた。

飛月少年の手元では、見事な錦鯉が泳いでいた。白い体に赤や黒の斑《まだら》が美しい。どうやら彼は色彩感覚も優れているらしい。見よう見まねで作った和菓子がどんどん上達していったのも、彼の持つセンスと観察眼の賜物《たまもの》であったのだろう。

「なんだよあいつ、宝の持ち腐れじゃないか……!!」

「神様は残酷だな」

項垂れる多喜次の肩を、柴倉がポンと叩く。あずき嫌いの少年に和菓子作りのセンスがあるだなんて、確かに神様もいじわるだ。飛月少年は美世を気にしつつ、もう一匹鯉を作る。今度は白い体に黄色の斑。はじめに作ったものより一回り小さい。

　隣にいた母親が飛月少年の手元を覗き込み「まーあ！」と声をあげた。

「ちょっとあんた、うまいじゃないの！　なに⁉　料理男子⁉　将来お母さんにおいしいごはん作ってくれるの⁉」

　ああ、と、祐雨子たちは胸中で悲鳴をあげる。本人は茶化しているつもりはないだろうが、多感な少年にはそんなことなど通じない。きゃっきゃと声を高くして喜ぶ母親と、集まってくる大人たち。飛月少年は真っ赤になってうつむく。

　次の瞬間、美しい二匹の鯉はあっという間に潰《つぶ》されて、一つの塊《かたまり》になってしまった。

「作らねーよ！」

「なによ！　もう！　かわいくないんだから！」

　怒鳴る息子と膨れる母。そして彼女は、犬の散歩仲間のもとへ、愚痴《ぐち》を言いに行ってしまった。残された少年はうつむいたまま口をきつく引き結んでいる。

「俺のところとそっくり」

　溜息《ためいき》とともに同情するのは多喜次である。

「お母さん、テンション高いんですか？」

「うん。よく絡んでくる。でも、俺が怒る前に父親が静かにしなさいって注意するんだ。いつもだいたいそう。だから実害はそんなになかったかな」

お正月やお盆限定ではあるが、彼の両親とは軽くあいさつや会話を交わしていた。確かに彼が言うイメージにぴたりと当てはまる。

気づけば美世がじっと飛月少年を見ていた。騒がしさに思わず視線を上げてしまったのだろう。そして、潰された練り切りを見てしまった。運悪く、それがとても美しい鯉であったことを目撃してしまった可能性が高い。彼女がますます落ち込んでいた。

「タ、タキ、言ってやれ。料理人は男のほうが圧倒的に多いって」

「──女の人は体調変化が大きくてそのたびに味覚も変わるから、そういうのがない男のほうが安定した料理が提供できるってあれ？」

「そこまで言うな。不器用ってところが全然フォローできてない」

柴倉の指摘に多喜次がよろめいた。

「ぶ、不器用だと辛いよな」

「お前が追撃されてどうするんだよ」

多喜次はどんよりとし、柴倉は呆《あき》れ顔になる。

性別にかかわらず料理が苦手な人間はたくさんいる。実際祐雨子も得意ではない。いろいろ試してはみるのだが、なぜだか周りの反応はいまいちで、和菓子教室の材料の準備も祐の命令で多喜次一人がおこなっていたほどだ。

だから美世だけが際立って不器用というわけではない。そう思うのだが、プライドが深く傷つけられてしまったのか、不機嫌顔の彼女の周りの空気だけが灰色に見えた。

このままではいやな思い出だけを残して和菓子教室を終えてしまう。

祐雨子は意を決して美世のもとへ向かった。

「なにを作っているんですか？」

私は先生。和菓子作りの指導者。祐雨子は自分自身に言い聞かせる。だから、彼女をサポートしなければ。

美世はちらりと祐雨子を見て、赤く染めた練り切りを手でこね続けた。さすがに臓器や火星ではないだろう。火の玉の可能性も低い。小学六年生の女の子が好みそうな赤いもの――花だろうか。仮に花ならば、より華やかなものに違いない。

「薔薇《ばら》の花でしょうか？」

こねる手が止まらない。どうやら間違えてしまったらしい。

「ハイビスカスや、ペチュニアですか？　赤いお花、きれいですよね」

そんな質問も無視だ。隣で美世の祖母がオロオロしている。祐雨子は大丈夫と言わんばかりにうなずいて美世を見た。祐雨子はクッキングマットに視線を落とす。その上には白と黒、黄色の練り切りが少しずつ用意されていた。

花ではないのなら、一番オーソドックスなものの可能性が高い。

「わ、わかりました！　金魚ですね！　それとも鯉でしょうか？　涼しげでいいですよね。今回のテーマにぴったりです！」

しかし、美世の反応は鈍かった。配色から考えたら金魚あたりだ。もしも鯉であるのなら、飛月少年の作品を見て落ち込んでいるのではないか。そう考えたが、どれもはずれてしまったらしい。

まさか臓器。それとも火星？　さらに上級者を目指し、火星と探索機のセットかもしれない。錦玉羹を宇宙に見立てるという発想は『天《あま》の川《がわ》』や『満天』と同じだ。

美世は赤い練り切りを丸め、一方をわずかに細くして雫《しずく》型に成形した。次いで白い練り切りを潰し、雫の上下二カ所に配置。小さく丸めた二つの黒い練り切りを白い練り切りの上にぺたりと貼り付ける。力加減が難しいのか、なかなかくっつかない。そして、うまくいったと思ったら、今度は土台として張ってあった練り切りとくっつき、境目がなくなってしまった。美世が悩むように物体X《エックス》を凝視する。意を決し、黒い練り切りを細く伸ばして物体Xへ。

「あっ」

可憐《かれん》な声があがると、物体Xに細い指が刺さっていた。緊張しすぎて手元がくるったのだ。直そうと白い練り切りを上から押しつけると、全体がひどくいびつに歪《ゆが》んでしまった。慌てて形を整える。白と赤の境目が曖昧《あいまい》になる。手を加えれば加えるほど崩れていく練り切りに、祐雨子は思わず目を伏せた。

赤木美世は間違いなく不器用だった。

「さっきからずっとこの調子なんです」

祖母の一言に美世はぎゅっと唇を嚙《か》みしめ、作りかけの練り切りをこねて一つの塊に戻してしまった。追加された練り切りが少ないため塊は赤いままだった。赤といっても鮮やかな赤ではなく、さまざまな色が混じった結果、どことなくくすんでいた。

何度やってもうまくいかなかったのだろう。努力の跡《あと》が見える練り切りが切ない。

どう言葉をかけるべきか、祐雨子は思案しつつ口を開く。

「て、手伝ってやろうか」

そのときだ、ぶっきらぼうな声が聞こえてきたのは。はっと顔を上げた祐雨子の前に、颯爽《さっそう》と飛月少年が現れた。

「関口さんちの飛月くん、ナイスフォローです!!」

「まだなにもしてないだろ！　先生なんだからしっかりしろよ！」

ずばっと指摘され、祐雨子は反射的に肩をすぼめた。

「は、はい、すみません」

「あといちいち名字呼ぶな」

「留意《りゆうい》します」

刺々《とげとげ》しい言葉に祐雨子は頭を下げる。ついついセットで呼んでしまったが、次から直さねばと心に留める。

「それで、な、なに作ってるんだよ、赤木は」

本人としてはさりげなく尋ねているつもりらしいが、気になって仕方がなかったと、真剣な眼差しが雄弁に語っていた。

だが、飛月少年の問いにも口を開かず、美世は赤い練り切りを丸めていた。祐雨子は飛月少年のために場所をあける。多喜次たちがぐっと親指を立ててうなずいているところを見ると、彼らが飛月少年を焚《た》きつけてくれたらしい。同じようにぐっと親指を立ててうなずくと、恐ろしいことに、飛月少年の母親をはじめ、多くの女性たちが幼い二人のやりとりをそわそわと見守っていた。

飛月少年の恋心は、母親どころか近所中に知れ渡ってしまうかもしれない。

ちょっと居たたまれなくなって、もう少し離れてみた。

「で、鷹橋さんのところのお孫さんはなに作ってるの？」

そろりと近づいてきた多喜次が耳打ちしてきた。触れた息のくすぐったさに肩をすくめつつも首をかしげる。

「それが、なにを作っているか話してくれなくて。花や金魚、鯉の類《たぐい》ではないみたいなんですが……」

小声で返すと多喜次はうなった。

「じゃあ水風船とか」

反対側の耳元で柴倉がささやきかけてくる。また祐雨子が肩をすぼめた。

「水風船は考えつきませんでした。でも、使う色が赤中心なので、違うような気がします」

そう答えて振り返ると、多喜次と柴倉が互いを押しのけようとじゃれ合っていた。「お前、近いんだよ！」「そっちこそ、どさくさに紛れてセクハラだろ！」と、なにやら揉《も》めている。そんな三人もご婦人たちの格好の話のネタなのだが、祐雨子はそれに気づかずに不毛なポジション争いをする二人をきょとんと見つめた。

「それ、ダルマ？」

ふいに問いかける声が聞こえ、祐雨子は正面――飛月少年を見る。意外な着眼点だった。

それは多喜次も同じだったようで、呆気《あっけ》にとられて首をひねっている。

「ダルマって……あのダルマ？　腹に福とか書いてある、髭面《ひげづら》のおっさんの縁起物《えんぎもの》」

「多喜次くん、間違ってはいませんが、そのたとえは微妙です」

祐雨子はそっとたしなめる。とはいえ、多くの人がダルマと聞けば立派な髭と丸っこい体が特徴の張り子の赤い置物を連想するだろう。願い事をしながら目を書き込み、願いが成就したとき、もう一方の目を書き込む。昔からある縁起物だ。ちっとも〝涼〟とは結びつかないが、和菓子好きの美世は、どうやら古風なものも好みであるらしい。

美世は驚いたように飛月少年を見た。そして、渋々とうなずく。しかし、ダルマであればずいぶんと難しい題材だ。フォルムだけで再現の難しさが伝わってくる。

飛月少年は考えるように練り切りを見た。

「ダルマなら、まず丸く作ってから形を整えたほうがいいんじゃないか？」

「やった」

「そうじゃなくて……」

飛月少年が美世の赤い練り切りを摑むと器用に指を動かす。すると、それっぽいものができあがる。美世が驚いたように目を見開き、次いでぎゅっと眉を寄せた。複雑な表情だ。けれど飛月少年はそんな美世には気づかずに三角ベラを手にした。今日はじめて持つはずなのに、多少のぎこちなさはあってもちゃんと使いこなしているところが素晴らしい。

感心していた祐雨子は、美世の肩が小刻みに震えだすのを見てはっと息を吞んだ。

状況がますます悪化している。ここは飛月がうまく指導すべき場面で、二人三脚で一つの作品を作り上げるのがもっとも理想的だ。しかし、飛月少年の性格からして、それは不可能に近い高度なミッションで――。

祐雨子がオロオロしているあいだに、飛月少年は小さなパーツをすべてつけ終えてしまった。

「ほら」

飛月少年が手を差し出す。そこにちょこんとのっているのは、小さいながらもどっしりと貫禄《かんろく》のあるダルマだった。両目が入れてないところも心憎い演出だ。

この場面で渾身《こんしん》の作品を出すあたり、彼は裏表のない素直な性格なのだろう。それが裏目に出ることがあるという現実が残念でならない。

「あ、あの、お二人とも……」

なんとかフォローを入れなければ。今以上に関係を悪化させないようにしなければ。祐雨子は慌てて言葉を挟む。そして再び息を吞んだ。

「ダルマ、かわいい……!!」

はじめは確かに不機嫌だった。怒っていたとさえ思う。けれどできあがったダルマが彼女の感性に強く訴えたのか、その意識は作られた過程ではなく、最終的に作品そのものに向けられたらしい。

怒りの感情すら吹き飛ばしてしまう、そんな力強さが小さなダルマにはあったのだ。

美世の感嘆の声に飛月少年は照れたようにそっぽ向いた。

「ダルマの目、入れてもいい⁉　私、入れたい！」

美世が飛月少年の手を摑んだ。

――そこから先の展開は、目をおおいたくなるようなものだった。

飛月少年が弾《はじ》かれたように顔を上げ、彼女の手を振り払ってしまったのだ。小さなダルマが宙を舞う。ぎょっとした多喜次が身を乗り出すも、ダルマはそのまま床の上に落ちて潰れてしまった。

皆が床を見つめ硬直する。はじめに動いたのは飛月少年だった。

「急に触る赤木が悪い！　どうするんだよ、落っこちたじゃねーか！」

テンパっている。反射的に怒鳴った彼の口は、おそらく彼の意思に反して動いているに違いない。そんな彼の言葉に傷つき、美世は真っ赤になってまなじりをつり上げた。

「関口くんが悪いんだよ！」

美少女に睨まれ飛月少年はひるんだ。少女の肩が激しく揺れた。

「私に渡したくなかったんだ！　いじわる！」

「だ、誰がいじわるだよ！　ふざけんな！　だいたい赤木が不器用なのが悪いんだ。なんでこんなことくらいできないいんだよ。あり得ないだろ！」

「ぶ、不器用じゃないもん！　一生懸命やったもん!!」

「じゃあなんでできないんだよ！」

「せ、関口くんのバカー!!」

美世を彼女の祖母が、飛月少年を彼の母が、引き離すように腕を引く。祐雨子は唖然《あぜん》とこの状況を見つめていた。途中まではうまくいっていたのに、このままならなごやかに和菓子教室が終われそうだったのに、二人の関係は前進するどころか後退する一方だ。

「フォ、フォローを……っ」

「祐雨子さん、落ち着いて。今日は〝先生〟なんだから」

多喜次が祐雨子の肩を掴み、柴倉が懇願の眼差しで訴える。〝生徒〟の作品は、すでにクッキングマットの上にぞくぞくと並べられていた。個人的なことで取り乱し、せっかく来てくれた〝生徒〟に迷惑をかけるわけにはいかない。

祐雨子はわれに返ると短く息を吸い皆に向き直った。

「錦玉羹に入れるものができあがったら、型の中に入れます」

はーい、と、子どもたちが元気に答える。

「お家《うち》で作る場合は、牛乳パックを再利用することもできます。粉寒天はゴムべらでまんべんなくかき混ぜながら溶かしてくださいね。お砂糖は粉寒天が溶けきってから入れます。急いで入れるときれいに溶けないので、一分くらい沸騰させてから入れるのがおすすめです。色をつけたい方は食用色素で色づけをします。濃いと修正ができないので、コンロから下ろし、少しずつ入れていってください。では、ガスコンロを点火して……」

プリプリ怒る美世と人知れずしょげかえる飛月少年を横目に、祐雨子は生徒たちに指示を出した。店内は再びざわめきを取り戻し、箸《はし》や竹串《たけぐし》を使って思い思いに練り切りを置いていく。飛月少年は洗った甘納豆を乱暴に放り込み、美世は練り切りを適当に丸めて型の中に落とした。

「あ、あああ、せっかくの錦玉羹が……‼」

『つつじ和菓子本舗』では糸寒天を使用するから店頭に並ぶものとは作り方が違う。それでも今日は、世界にたった一つの思い出の和菓子ができるはずだった。それが、もはや悪い思い出の代名詞になりかけている。祐雨子はしょんぼりと肩を落とした。

「いや、あの場合はどうしようもないし。そもそもけしかけたタキが悪いし」

「ゴ、ゴメンナサイ」

柴倉の指摘に多喜次は真っ青だ。

「私のフォローが下手だったのがいけないんです。多喜次くんにまで迷惑をかけてしまいました。せっかく来てくださった皆様にも心配を……」

と言いかけて、祐雨子は口をつぐむ。さあ次はどうなる⁉　と、ご婦人方が手に汗握りつつ飛月少年と美世を見守っていることに気づいたのだ。どうやら彼らの動向が気になって仕方がないらしい。

「ちゅ、注目の的……っ」

状況を理解し、多喜次がひっそりと震えた。

「恋バナはみんな好きだからな」

柴倉は乾いた笑い声をたてていた。

4

粗熱《あらねつ》を取った液を流し入れ、最後に配置を確認し、トレイにのせた錦玉羹が業務用の大型冷蔵庫に入れられる。この日のために冷蔵庫はからっぽにしてあった。中はしっかり冷えているので、一時間後に様子を見ることにする。

「では、待っているあいだにどら焼きを作りましょう」

祐雨子が声をかけると、みんなが嬉しそうに顔を見合わせた。

去年は葛餅《くずもち》だったらしい。葛粉を水で溶き、火にかけ、透明になったら水の中に入れて冷やす。黒みつときな粉で食べる葛餅は、単純だがおいしい、夏に注目を浴びる和菓子だ。その前はシロップに抹茶や苺《いちご》、練乳、黒みつなどを用意したかき氷。トッピングは最中や練り切り、羊羹という変わり種だったそうだ。

『つつじ和菓子本舗』の和菓子教室は、こうしたおまけのミニ教室も人気なのである。

「なんでどら焼き？　祐雨子さんだったらたい焼きって言いそうなのに」

ホットプレートをテーブルに運びながら柴倉が首をひねる。

「たい焼き器は養殖と天然の二つしかないんだよ。焼くのに時間がかかる」

多喜次は簡潔に答えた。たい焼きの案はかなり初期のうちに出た。が、店にある養殖は二匹、天然は一匹、合計三匹しか一度に焼けない。二十人いたら七回も繰り返し焼かなければならない。焼いているあいだは楽しいが、待ち時間が長すぎる。そんなわけで、ホットプレートで手軽に作れる和菓子であるどら焼きにお鉢が回ってきたのである。

「どら焼きはお家でも簡単に作ることができます。トッピングも自由自在！　ぜひ試してくださいね」

祐雨子は飛月たちを気にしながらも明るい声で皆に呼びかける。

「東雲《しののめ》をやってみたい方はおっしゃってください。紙をお渡しします」

祐雨子の呼びかけに多喜次が首をかしげると、

「東雲は紙の上で生地を焼きます。それによって個性的な焼き目ができあがるんです。面白いのでおすすめです」

軽くそう告げた。詳しく説明されなかったことで興味が湧いたのか、何人かが手を上げる。どら焼きに挟むのは餡《あん》が主流だが、今日は当然のようにそれ以外も用意されている。風味豊かな抹茶あん、生クリーム、カスタードクリーム、バニラアイス、苺ジャムに杏子《あんず》ジャム、栗の甘露煮《かんろに》、羊羹、白玉、チョコレート、バター、抹茶パウダー、ナッツ類、ドライフルーツと、組み合わせが楽しめるように幅広かった。

「生地に抹茶入れてもいいですか⁉」

誰かが叫ぶ。

「塩どら焼き作りたい！」

「トッピングは餡と生クリームと苺ジャム～」

「大きめに作ってもいいかしら？　楽しいわ。みんな誘ってくれればよかった！」

誰も彼も童心に返って大騒ぎだ。残念ながら、たい焼きではここまで盛り上がらなかっただろう。店内を満たす甘い香りが、朝から動きっぱなしですっかり疲れ果てた体に襲いかかってくる。

「お昼、ちゃんと食べたのにお腹《なか》すいた」

うまく円形が作れないと言われれば飛んでいってコツを教え、なくなってしまった材料があれば補充する。テーブルが狭いので洗い物は即座に片づける。そんなふうに走り回っていた多喜次は、充実感と空腹感にくらくらしていた。それでもその場には座り込まず、誰か困っている人がいないかと店内をつぶさに観察した。柴倉は相変わらずイケメン風を吹かせながらどら焼きの生地を焼いている。ご婦人たちのハートを鷲《わし》づかみだ。なんで生地を焼くだけであんなにちやほやされるのかわからない。わからないが羨《うらや》ましい。

「ま、負けないぞ……!!」

多喜次は意気込んで困っている人を探す。と、そこに祐雨子が近づいてきた。手に銘々《めいめい》皿《ざら》を持っている。上には小ぶりなどら焼きが一つ。

「どうぞ」

「え……お、俺に……!?」

「いっぱい動いたから、お腹すいちゃいますよね」

け取った。

　そんなに飢《う》えた顔をしていたのだろうか。多喜次は赤くなりつつも素直にどら焼きを受
「すいてた」

「いただきます」

　もぐもぐと口に含み「うん？」と首をかしげる。

「祐雨子さん、ここにあるものを使って作ったんだよね？」

「はい」

「……そうだよね」

　相変わらず斬新な味つけをする。甘塩《あまじょ》っぱいだけならまだしも苦みもある。奥から押し寄せてくるのはなんだろう。柑橘《かんきつ》系のなにかのような気もするが、少なくとも杏子ジャムではない。

「祐雨子さんの味がする」

　さすがです、と、親指を立ててうなずいた。

「おいしかったですか？」

「うん。最高」

「よ、よかったです……!!」

祐雨子が胸を撫で下ろす。

「なぜか多喜次くんしか褒めてくれないんです」

薄皮まんじゅう以外はことごとく謎の味つけになるので致し方ないだろう。むしろ、このよさがわかるのが自分だけというのが誇らしい。互いに視線を交わしてにこにこしていると、大股で柴倉がやってきた。

「タキだけずるい」

「……柴倉はお客様にモテモテだからいいじゃないか。知ってるんだぞ。お前が焼きたてのどら焼き食わせてもらってるの」

「タキだけずるい」

二度言った。祐雨子は「すぐに作って持ってきますね」とその場を離れる。

「ここにいる誰より一番どら焼き焼くのがうまいくせに」

なんてわがままなやつなんだと睨むと、逆に睨み返された。

「タキは自分が恵まれてることに全然気づいてない」

「俺のどこが恵まれてるんだよ?」

「……なんでもない」

溜息をついて視線をはずす柴倉を見て多喜次は顔をしかめる。恵まれているのは柴倉のほうだ。ルックスも、身長も、和菓子職人としての腕だって、多喜次はまったく彼に及ばない。お客様にも人気だ。将来有望なくせになにを突然言い出すんだと怪訝《けげん》に思っていると、祐雨子がどら焼きを持って戻ってきた。

「ありがとうございます」

柴倉が嬉しそうに受け取って、ひょいと口の中に入れる。そして眉をひそめ、咀嚼《そしゃく》をやめて首をかしげた。眉をぎゅっと寄せたかと思うと口を押さえ、祐雨子の視線に気づいてまた口を動かす。顎《あご》を軽く上にあげ、勢いをつけるように引いて嚥下《えんげ》する。

ぐっと柴倉の喉《のど》が鳴った。慌てて近くにあったお茶を飲み干し、喉元を押さえてあえぐように息をついた。

そしてまっすぐ祐雨子を見る。

「ゆ、祐雨子さん、なに入れたの……!?」

「なにって、普通に今日用意したものです。おいしくなかったですか……?」

不安げに問われ、柴倉の視線が宙を泳ぐ。多喜次の視線とぶつかると、慌てて祐雨子に戻した。

「なかなか出せない味だと思います」

どうとっていいのか微妙な感想を口にする。そして、そろりと多喜次に近づいて肩をぶつけてきた。

「どういうことだよ⁉」

「どうって？」

「薄皮まんじゅうとたい焼きは普通の味だろ⁉」

「薄皮まんじゅうはおやっさん監修、たい焼きはお客様監修」

言われた通りにやれば予想の範疇《はんちゅう》の味ができあがる。しかし、目を離すと謎の食べ物を作る。それが蘇芳祐雨子なのだ。

「本当、目が離せないよな」

「タキ、そこうっとりするところと違う」

柴倉は喉元を押さえたまま項垂れる。この味のよさがわからないなんてまだまだだな、と、多喜次は一人優越感に浸った。ふふんっと鼻を鳴らしながら店内を見回した多喜次は、飛月と美世が一緒にいるのを見てぎょっとした。二人ともただならぬ雰囲気で睨み合っていたのだ。

「だから、餡はいらないって言ってるだろ。嫌いなんだよ、まずくて」

「まずくないよ。おいしいよ。関口くん、ちゃんと食べたの？」

次なる火種は餡らしい。同じ学年の小学生が彼らだけというのは不運としかいいようがない。なまじ知り合いだから互いの行動が気になって、ついつい口を出してトラブルが拡大していく。

それを飛月も自覚しているに違いない。もうこれ以上話したくないというように短く言い放った。

「食べたよ」

「いつ⁉」

「い、いつって……前に、一度」

美世の剣幕に飛月がたじろぐ。美世は祐雨子が未来の大口顧客様とあがめているほど筋金入りの和菓子好きだ。

和菓子の基本は餡である。店の味を決める一番肝の部分だ。

それを全面的に否定され、美世はかなり腹を立てているらしい。

「前っていつ⁉」

食ってかかる美世に飛月は「うるさいなあ」と乱暴に言い放った。好きな女の子に嫌われるようなことは飛月だって言いたくないはずだ。それでも、食い下がってくる彼女から逃げたくて彼は語調を荒らげてしまう。

不器用すぎて見ていられない。

「幼稚園の頃よ」

口を挟んだのは飛月の母親だった。とたんに飛月の顔色が変わる。困ったような顔から怒った顔に。空気が剣呑《けんのん》となっていくのを見て、母親の介入が問題を大きくすると判断し、多喜次は慌てて彼らのもとに向かった。

「幼稚園？　そんなに前？　だったら味なんて覚えてないよ」

美世は強気に断言する。

「覚えてるよ。まずかったんだ」

飛月はなおも語調を荒らげ言い返す。怒った表情だったが、視線だけは動揺に揺れていた。どうしてこんなに不器用なのかと、多喜次は歯がみしていた。

「まずくないもん！」

きいっと美世が吼《ほ》える。そしてどら焼きを飛月に向かって突き出した。

「食べればわかるもん！　まずくない！　ちゃんと食べて！」

もしも同じシチュエーションに遭遇したら——祐雨子は間違っても強引に食べさせようとしないだろうが——多喜次なら当然のように受け取っただろう。仮に互いの関係がギクシャクしていたとしても、「仕方ないな」と言いつつもらっていただろう。意地は張るが折れるところは折れるのが多喜次だ。

だが、飛月は違った。あくまでも自分を曲げようとはしなかった。

「だから言ってるだろ、俺は――」

これじゃ平行線だ。多喜次は素早く飛月の口を右手でふさいだ。

「食え！」

耳元で命じるとぎろりと睨んでくる。すっかり折れる場所がわからなくなってしまった少年に、多喜次はこっそり耳打ちした。

「ここで食わなきゃ、もう二度と食べられないかもしれないぞ。あの子の手料理」

多喜次の警告に飛月は大きく目を見開いた。

「それでいいなら突っぱねろ」

冷たく言い放って手を離す。飛月は震える唇をぎゅっと噛んで美世を見た。そして、つっけんどんに手を差し出す。

「くれ」

――言い方ってものがあるだろう、とは思ったが、今はそれが飛月の精一杯なのだろう。思わず苦笑していると、美世が彼の手にどら焼きをのせた。

受け取ったどら焼きを、飛月は躊躇《ためら》うような仕草で見つめる。多喜次と目が合った。さきほどの言葉を思い出したのか、彼はあきらめたようにどら焼きを口に運んだ。苦手なのがありありと伝わってくる表情で一口齧《かじ》る。目をつぶり、咀嚼する。そして、「ん？」という顔になる。

「……別に、まずくない……？」

強烈ななにかを警戒していたのか、飛月は呆気にとられたような表情になっていた。どら焼きを開き首をひねる。つぶあんと、別のなにかが一緒に挟み込んであったのだ。

「おいしい？」

「えっ」

「ねえ、おいしい⁉」

飛月の反応に美世は興奮気味に尋ねた。ぐいっと体をよせ、飛月の顔を間近から覗き込み、美世が期待の眼差しで言葉を待つ。近くから見ても凶悪な可愛さだったので、迫られている飛月にとっては拷問《ごうもん》に違いない。

「ま、まずくは、ない」

必死になって同じ感想を繰り返す飛月がちょっと不憫だ。好きで、好きで、好きすぎて、自分の感情がうまくコントロールできないのだろう。飛月が暴れ出さないよう見守っていた多喜次は、なんとか美世から離れることに成功した彼を見てほっと胸を撫で下ろした。

「これ、なにが入ってるんだ？」

「つぶあんとバター」

「バター⁉」

甘いものに塩気。濃厚なコクを持つバターをつぶあんにぶつけてくるところがすさまじい。だが、よく考えたら、地方限定とはいえその組み合わせで提供されるトーストやコッペパンがあるのだから、一定の需要が存在するのだろう。

ぎょっとしたようにどら焼きを見ていた飛月は、緊張気味にもう一口齧る。

「全然、普通に、いけるんだな」

「そうでしょ？　おいしいよね？」

さっきまであんなに怒っていたのに、もうすっかり機嫌を直したようだ。美世がにこにこと同意を求めてくる。これでうなずかなきゃ男じゃないよなあ、なんて思っていたが、そこは飛月である。うなずかなかった。ただし反発はせず「まあまあ」と返した。

「意地っ張りさんめ」

多喜次は溜息をついたが、いきなり突っぱねないだけ前進が見られた。なにより救われたのは、飛月の一言で美世が満足してしまったことだ。

「俺の友だちだったら絶対に血の雨が降るだろうな」

「柴倉は友だち関係見直したほうがいいぞ」

そう返した多喜次だが、彼の友人もあまり寛容なタイプはいない。ふざけるなと怒鳴り、首を絞めようと襲いかかってくるだろう。調理師専門学校の友人ならその態度はなんだと怒って包丁を手に追いかけてきそうなのが何人かいる。

「餡と生クリームも合うんだよ」

「えー」

「ホントだって！　ほら、食べてみて！　絶対おいしいから！」

渋々と口に運んだ飛月は驚いたように目を瞬《またた》く。そんな飛月に美世は目を輝かせた。

「おいしいでしょ？」

「うまい。これなら食べられる」

今度は素直にうなずいた。どうやらこれで無事に仲直りしたらしい。ほっとしたようにその場を離れ、祐雨子が多喜次たちに近づいてきた。

「承認欲求が激しいと扱いやすいんだな」

感心する柴倉の脇を、祐雨子が肘《ひじ》でそっとつつく。

「そういうことを言っちゃいけません」

めっと子どもにするように注意した。ここら辺の扱いは、多喜次も柴倉も大差ない。

「飛月くんは面食いね」

「赤木さんのところの娘さんって昔っからかわいいわよねえ。将来が楽しみ。関口さんも娘ができて幸せね」

「だめよ。うちの子、乱暴者でしょ。すぐに嫌われちゃうわよ」

「今どきはそのくらいがいいんじゃない？　ほら、あんまり引っ込み思案だと心配だし。飛月くん、正義感が強いでしょ。頼もしいわ」

「単細胞なだけよ」

　おほほほ、と、まんざらでもなさそうに飛月の母が笑う。すっかりどら焼きに夢中な飛月たちは気づいていないが、二人は現在進行形でご婦人方の話のネタにされていた。

　どら焼きを食べながらの談笑が終わり洗い物を片づけた頃、いよいよ錦玉羹のお披露目になった。冷蔵庫から取り出された錦玉羹が紙の器に次々とのせられていく。作っている最中も独創的なテーマが多いと思ったが、出してみるとますます個性が際立った。視覚で楽しむ甘味ではまず出合えないラインナップだ。

「ナ、ナマズの錦玉羹ははじめて見たな……」

　妙にリアルな魚類に柴倉が固まっている。生き物系は人気らしく、〝涼〟の代表のような金魚は少ないくせに、亀や恐竜、トカゲなどの爬虫類《はちゅうるい》系が妙に多い。植物は薔薇や蓮、朝顔などを中心に人気を集めていた。

和菓子教室はひとまず成功したらしい。あちこちで見られる笑顔に安堵したとき、どんよりと落ち込む美世の姿が見えて多喜次ははっとした。思ったものがうまくできず、彼女は丸めただけの練り切りを錦玉羹に沈めたのだ。飛月は甘納豆を使ったからせせらぎに沈む石のように風流だが、美世のものは誰がどう見ても失敗だった。

自分の錦玉羹をじっと見つめていた飛月は、意を決したように美世のもとへ行く。

「お、おおお、少年が勇気を出してる……‼」

多喜次は息を呑んだ。ただただ突っぱねていた少年が、ここに来てものすごい進歩だった。が、いきなり慰めの言葉など出てくるはずもなく、飛月は美世の隣に立つとまだらになった赤い練り切りの球が沈む錦玉羹を見つめた。

どんな言葉をかける気だろう。多喜次が緊張していると、柴倉がするりと寄ってきてささやきかけてきた。

「大丈夫、味は問題ない」

「………」

「赤は食欲を増進させる色だ。色選びだけは完璧だ」

「………」

「こんな失敗で挫折《ざせつ》したと思うな！　人生はそんなに甘くないぞ！　和菓子なだけに！」

「……柴倉、どの台詞を選んでもアウトだ」

柴倉なりに真剣らしいのだが、いかんせん、その手の冗談は美世に通じそうにない。そもそも飛月が言うにはハードルが高い。

飛月が深く息を吸い込んだ。

「大失敗だな」

あああ、と、多喜次が声もなく悲鳴をあげる。まさかのチョイスだ。いくら不器用だからって、もう少し気の利いた言葉を選んでもいいだろう。

柴倉は口を引きつらせ、祐雨子が顔をおおう。フォローの入れようがない。いっそ飛月の母か美世の祖母があいだに入ってくれればと期待したが、タイミングが悪いことに二人はできあがった錦玉羹の品評会に夢中だった。

多喜次は祐雨子と視線を交わす。フォローに行くべきか。あるいは飛月の暴走に任せるべきか。それとも美世が吹っ切るのを期待するか——。

すっかり落ち込む美世を見て、飛月が口を開いた。

とどめを刺す気だ。

多喜次はそう思った。止めなければと、とっさにそう考えた。

「俺も大失敗だ」

飛月の一言に、多喜次は踏み出した足を引っ込めた。美世が顔を上げ、飛月の作った錦玉羹を見る。夏らしい一品を。

「失敗なんて、してない」

「俺のは甘納豆沈めただけだ。赤木のほうが、ずっと和菓子っぽいだろ。ちゃんと練り切り入っててるんだし」

「でも」

「あ、なんか、ビー玉っぽい。ほら、ここら辺」

飛月が美世の錦玉羹を覗き込む。ぴったり飛月にくっつくようにして同じ場所を見た美世は、「ホントだ、ビー玉みたい」と目を丸くした。

「だ、だろ。ちゃんと和菓子だ」

真っ赤になって飛月が美世から離れる。

「ビー玉！」

女の子の機嫌はコロコロ変わる。美世は新たな発見に嬉しそうだ。けれど、完全に機嫌が直ったわけではないらしい。

「和菓子作りは、はじめてなの。おばあちゃんに誘われて」

言い訳するような口調で錦玉羹を見つめる。窮地《きゅうち》が訪れる気配に、飛月の顔がわずかに引きつった。和菓子作りがはじめてなら下手でも仕方がない――そんなありきたりな慰めは地雷に等しい。なにせ飛月もきちんと習うのは今回がはじめてだ。どんな言葉を選んでも美世の機嫌を損ねてしまうだろう。多喜次は同情の眼差しを飛月に向ける。

「うちではケーキしか焼かないし」

うつむいた美世がぽつんとつぶやく。その瞬間、飛月が大きく目を見開いた。

「ケーキ焼けるのか？」

「え？　うん。焼ける。シフォンケーキとか」

「シフォンケーキ⁉」

「うん。バターケーキも作れるよ。ババロアも作ったことある。杏仁《あんにん》豆腐も上手にできた」

「赤木、すごいな……‼」

飛月は驚きに声をあげる。美世はきょとんとした。

「すごい？」

「すごい。ケーキ屋みたいだ」

「関口くん、大げさだよ」

しかしまんざらでもないようで、美世の機嫌は再び直っていた。にこにこしていた美世が、「今度、うちに遊びに来る？」と誘ったのを聞き、誘われた飛月はもちろん、彼らの動向を見守っていた多喜次たちも驚愕した。

「ケーキ、焼いてあげる」

飛月は目をまん丸にする。美世としては話の延長にある誘い――しかし、飛月には天地がひっくり返るほどの衝撃であったに違いない。飛月の顔がみるみる赤くなっていく。

「だ……」

それからさきの言葉は、とっさに動いた多喜次の手によって言葉にはならなかった。多喜次は飛月の口を左手でふさぎ、右腕を彼の首に回した。身をかがめ、ぐるりと体を反転させる。

「な、なにするんだよ⁉」

「断る気だろ⁉」

「そんなの俺の勝手だろ⁉」

「バカ！　ここで断るやつがあるか！」

抵抗をこころみる飛月をがっちりと押さえ込み、多喜次は彼の耳元で強く訴えた。

「こういうのは一度断ったら二度と誘われないんだぞ！　二度とだ！　お前はいい加減に学べ！　いいのかよ、それで⁉」

「べ、別に、そんなの、いいし」

「こんなところで意地張るな、バカ！　意地を張るときは、自分か相手にプラスになるときだ。ここで意地張ってもマイナスにしかならないだろ！」

「だから、そんなの……」

「よく考えろ。小学校卒業したら中学に進学するんだぞ。中学校は生徒の数がぐっと増える。あの子はモテる。絶対だ。小学校なんか比べものにならないくらいモテモテになる。お前なんてあっという間にその他大勢の一人になるんだぞ」

暴れていた飛月がぴたりと動きを止める。

「ここで断ったら後悔する。わかるな？　お前、その他大勢でいいのか？」

飛月が多喜次を睨む。涙目だ。葛藤しているのがありありとわかるその顔が、ぐっと引き締まった。

飛月は多喜次の腕を振り払い、不思議そうな顔で立っている美世に向き直った。

緊張に視線を逸《そ》らし、飛月はぼそぼそと尋ねた。

「ケーキ、いつ焼くんだよ？」

またそういう言い方をする……と、多喜次は顔を両手でおおいたい気分だったが、美世にはそれで十分だったようだ。嬉しそうに笑みをこぼした。

「来週！」

「ら、来週⁉」

「トッピングはね、生クリームと餡」

「餡⁉　や、やっぱり俺ちょっと用事が……」

「もう約束したから！」

美世がにこにこと笑う。もしもこの先二人の関係が続いていくのなら、おそらく飛月は尻に敷かれることだろう。

「一件落着ですね」

祐雨子がほっと胸を撫で下ろした。

「うん」とうなずく多喜次は、黙っておくことにした。美世が挙げたお菓子はすべて、混ぜて加熱したり冷やしたりするだけの比較的簡単なものであることを。シフォンケーキは失敗の多いケーキだが、コツさえ摑めばきれいに焼けたりする。だがそれは些末《さまつ》な問題だ。仮に失敗したっていい。一番大切なのはそこに心がこもっているという事実だ。

誰かのために作ったものは、きっと最高に素晴らしいものに違いないのだから。

好きな女の子のために、苦手な餡を少しだけ克服した飛月に、多喜次はそう考える。

騒がしい店内を眺めながら、多喜次は満足げにうなずいた。

終章　秘めたるは

和菓子教室が終わったのは四時すぎ。明日の営業に備え掃除をはじめたときにはまだ外は蒸し暑く、蟬《せみ》は声をからさんばかりに鳴いていた。

定休日にどうしてこんなことをしなければならないのか――柴倉《しばくら》はテーブルを鍵屋に返しながら渋面《じゅうめん》だった。

「お疲れ様」

声をかけてきたのは遠野《とおの》こずえだ。同い年で鍵師見習い。それだけでも特殊だが、同僚の兄の婚約者と聞くとなんだかよけいに不思議な感じがしてくる。じっと眺めていると、柴倉が返したテーブルを定位置に移動させようと持ち上げた。

「あ、俺がやるから――」

柴倉の言葉が終わらぬうちに、長身の男が手を伸ばし、こずえからテーブルを奪っていった。頑固なまでの黒髪に黒い服――何度見ても多喜次《たきじ》の兄とは思えない表情に乏《とぼ》しい大男。ちょっと苦手なタイプだ。

「こずえ、配置は前のままでいいのか？」

「うん。淀川《よどがわ》さんが邪魔でなければ」

「……あの」

ひょいひょいとテーブルを移動させる淀川（兄）とそれを頼もしそうに見つめるこずえ

に、柴倉が無意識に声をかける。二対の視線に気づき、はっと口を閉じてからわずかに間をあけ前々から疑問に思っていたことを言葉にしてみた。

「なんで婚約してるのに、いまだに名字読んでるの？」

同棲《どうせい》中のわりにちょっと他人行儀すぎやしないか。ラブラブな姿を見せられるのは鬱陶《うっとう》しいが、あまりよそよそしいのもうまくいっていないのではないかと不安になる。だから思い切って尋ねてみた。すると、無表情だった淀川が目をすがめた。

柴倉は反射的に身をひいた。

それくらい迫力のある表情だった。にやりと人の悪い笑みを浮かべた淀川（兄）は、柴倉と同じようになにか感じ取ったらしいこずえに向き直った。

じりじりとこずえが逃げる。そして、淀川（兄）がそれを無言で追いかける。

おかしい。彼らは本当に結婚を間近に控えた恋人同士なのか。目の前で展開される肉食獣と小動物を連想させるやりとりに柴倉が困惑する。

謎の二人だ。

せっかく並べたテーブルがどんどん歪《ゆが》んでいく。白猫の雪《ゆき》はさっと階段に避難し、おかしな追いかけっこを見守っていた。

「お、お邪魔さまでしたー」

こずえが淀川（兄）に捕まったのを見届けてから柴倉は『つつじ和菓子本舗《わがしほんぽ》』に戻った。あの二人の関係は本当に謎だ。謎ではあるが、こずえを捕まえた瞬間、淀川（兄）の実に満足そうな顔を目にしたので悲鳴は聞こえなかったことにした。恋人同士のスキンシップに横やりを入れるのはよくない。そもそも今戻ったら、見てはいけないものを見てしまいそうで落ち着かない。

溜息《ためいき》とともに和菓子屋に入る。床にはモップがかけられ、ショーケースもぴかぴかだ。ざっと見回したが汚れているところは見つからない。洗った食器を所定の位置に戻したら、今日の仕事は終わりと考えていいだろう。和菓子教室が無事終了したことは祐《たすく》にも連絡が入っている。店の経営者なのだからもうちょっと心配しているのかと思ったら「ご苦労さん」と一言返ってきただけだった。

もちろんそれは、柴倉たちを全面的に信頼しているがゆえだ。そして柴倉は、祐がそう考えるにいたった理由を知っていた。

多喜次の存在だ。

和菓子職人としてはまったくの駆け出しで、技術も知識もまるでない男——けれど彼には熱意がある。和菓子教室での補佐役を完遂しようと、徹底した衛生管理を心がける慎重さもある。

地味な裏方だが、それはとても大切な役割だった。

だから祐は、多喜次のことを誰よりも高く評価している。

「ケーキ焼けるなんて、美世《みよ》ちゃんはすごいですね」

調理場から祐雨子《ゆうこ》の声が聞こえてきた。和菓子作りに興味があるのになぜか謎の物体を作り上げてしまう祐雨子は感嘆の吐息をついた。こっそり調理場を覗《のぞ》き込むと、祐雨子と多喜次が並んで調理器具を拭いていた。

「俺も、焼こうか？」

意外な言葉が多喜次の口から飛び出した。彼は調理師専門学校に通っている。そこにはいろいろな学科があり、習得したい料理によって最短で一年、最長で三年半勉強することができるというシステムらしい。多喜次はその中で三年間学ぶ道を選んだ。さまざまな知識を仕入れ、それをいずれ和菓子に生かしていきたいと考えているのだろう。

だから、ケーキくらい焼けるのだ。

けれど祐雨子にとっては意外な問いかけだったようだ。

「焼けるんですか？」

「……も、もちろん」

多喜次の返事には微妙な間があった。本当は焼けないのではないか。柴倉はそう疑った。

学校の誰かに焼き方を尋ねる気かもしれない。けれど祐雨子は邪推することなく目を輝かせながら多喜次を見た。

「私のために焼いてくれるんですか？」

「喜んで」

多喜次が澄《す》ましてうなずく。祐雨子にいいところを見せたいのだ。多喜次の下心は見事なくらい透けている。そんな状況だったが、祐雨子はまったく気づかないのか素直に喜んでいる。それでちょっとぐらついてしまったらしく、多喜次の顔もだらしなく歪んだ。こいつは一生三枚目だなと、柴倉は苦笑する。

どうやら本人にもその自覚があったらしい。すぐに肩を丸めて項垂《うなだ》れた。

「く……っ!!　俺真面目に言ってるのにっ!!」

「私も真面目に言ってますが」

不思議そうな顔をしながらも、祐雨子はひょいと身を乗り出して多喜次に肩をぶつけるようにして銘々皿《めいめいざら》を手にした。多喜次は瞬時に身をひいた。そして、ぎゅっと全身に力を入れ、祐雨子を押し戻すようにして拭いた器を清潔なタオルの上にのせる。

「それで多喜次くんは、なにを焼いてくれるんですか？」

銘々皿を拭いた祐雨子が、またぐいっと多喜次の肩を押す。それほど強く押されたわけではないのに、多喜次はよろめき、再び軽く押し戻した。

「お、教えない」

多喜次がぷいっとそっぽを向く。突然子どもっぽい反応をされ祐雨子は戸惑った。

「どうしてですか？」

「教えないっ！」

意固地になった多喜次に、柴倉はすぐにピンときた。多喜次の通う学校には、シフォンケーキの専門店を開きたいと頑張っている生徒がいるらしい。そのため何度か試作品のケーキを持って帰ってきたことがあった。多喜次のことだから、こっそりとその生徒に焼き方を教わって、格好良く渡して祐雨子を驚かせたいに違いない。

「期待しちゃいますよ？」

裏表のない祐雨子の言葉。本人としては率直な意見を口にしただけかもしれないが、それは確実に多喜次のやる気に火をつけた。

「任せて」

「楽しみです」

多喜次が胸を張ると、祐雨子がにこにこと笑った。ああ、やっぱかわいいなあ、なんて思っていたら、多喜次が完全に悩殺されていた。お前は耐性がなさすぎるんだよ、どうしてそんなに顔に出るんだ——柴倉は思わず額《ひたい》を押さえた。

呆《あき》れていると、多喜次が急に深刻な顔になった。逡巡《しゅんじゅん》するように視線を彷徨《さまよ》わせ、意を決して口を開く。

「ゆ、祐雨子さん、あのさ……」

「はい」

「あの……えっと、えーっとね」

なにか言いづらいことなのだろうか。眉をひそめた柴倉は、ようやく二人の会話を盗み聞きしている自分の滑稽《こっけい》さに気づく。ふっと息をつき、大きく足を踏み出した。

「今、その、き、気になってる……人、とか……」

柴倉はもごもごと聞こえてきた多喜次の声に足を止めた。小声だったせいか祐雨子の耳には届かなかったらしく、彼女はじっと多喜次の言葉を待っていた。しかし押し黙った彼は一向に口を開くことなく、最後にはなにか閃《ひらめ》いたのかはっと息を呑《の》んだ。

「もしできたら言うよな？　まだ聞いてないってことはセーフ？　このままでＯＫ？」

多喜次の独り言は祐雨子には通じない。けれど柴倉には通じてしまった。

暑苦しいことに、店に住み込んでいるせいで多喜次とはしょっちゅう顔を合わせる。だから彼の考えもおおよそ見当がついた。

きっと彼はあの夢を、ずっと引きずっているのだろう。

――多喜次本人はどうやら覚えていないようだが、彼はたびたび同じ夢を見てはうなされている。

それは、祐雨子に恋人を紹介される夢。

こっぴどくふられたあと飛び起きるときもあれば、苦しげにうなりながら眠り続けるときもある。夢と知りつつも多喜次が答えを求めるのも仕方ないだろう。そして実際に尋ねようとした。尋ねようとして気がついた。祐雨子の性格なら、恋人ができたらすみやかに多喜次に伝えるだろうということに。いまだにふられていないなら、祐雨子にはまだ恋人がいないことになる。

つまり多喜次は、あえて質問して波風立てる必要はないと判断したのだ。

「多喜次くん、どうしたんですか？」

ぐいっと祐雨子に肩を押しつけられ、多喜次はとっさに押し戻しながら「なんでもない」と返した。

「でも、とても深刻な顔をしていました。悩み事なら相談にのります」

「だ、だから、違うったら。夢見が悪かっただけ」

「夢？　どんな夢ですか？」

「なんでもないったらー!!」

お互い肩をぐいぐい押しつけながら、祐雨子と多喜次が変な攻防をはじめた。

多喜次同様、祐雨子がフリーと知って安堵《あんど》していた柴倉は、思わず眉をひそめた。

——本当は、まさかこの二人。

疑念が一瞬で胸の奥を埋め、柴倉は調理場に入るなり祐雨子と多喜次の肩を同時に摑《つか》んだ。

「なんだよ!?」

振り返って怒鳴る多喜次をぐいっと押しのけ、柴倉はできた空間に押し入るなりジト目で多喜次を睨《にら》んだ。

「——つきあってるの？」

質問の意味がわからないのか多喜次はぽかんとする。

「へ？」

「二人とも、つきあってるの？」

「つ、つきあってるわけないだろ！」

怒鳴り返されて柴倉は目をぱちくりさせた。そして急に冷静になった。

「だよなー」

そうなんだよなあ。そういう感じじゃないんだよなあ。多喜次の片想いだという自分の解釈が間違っているかもなんて焦って損した。

柴倉が納得していると、多喜次が顔を真っ赤にして激昂《げっこう》した。

「なんだよ、その言い方！　失礼だろ！」

失礼なのは多喜次のほうだと柴倉は不機嫌顔になる。

つきあってはいない。だけど好意を持っている。たぶん祐雨子も多喜次を特別に想っている。それは恋愛というにはまだ遠く、けれどその奥に、恋に似た熱を秘めている。

「気づいてないのは当人だけなんだよなー」

ああ、腹立たしい。舌打ちして大仰《おおぎょう》に首を横にふる。

「だからなんなんだよ⁉」

多喜次が思い切り体当たりしてきたが、柴倉はどっしりと構えたまま動かず祐雨子をまっすぐ見つめた。このチャンスに訊《き》いてやろう。そう思って口を開く。

「祐雨子さん、つきあってる人っている？」

多喜次が息を呑む。訊きたくて訊けなかった言葉を柴倉が言葉にしたからだ。ぎっと睨んできたが無視する。

祐雨子は少し戸惑ったような顔になりつつ首を横にふる。

「いません」

柴倉は改めて胸を撫《な》で下ろす。そして、隣で同じように胸を撫で下ろす多喜次に気づいてちょっと苦笑した。恋人というポジションに一番近い男がそれに気づかないのもなんだかおかしかった。

だがこれで、多喜次は祐雨子の気持ちを、祐雨子は祐雨子自身の気持ちをまったく気づいていないことが確定した。

「じゃあ俺にもチャンスはあるってことだよな」

両想いでも、つきあっていないのだから片想いと同じだ。柴倉が一人うなずいていると多喜次が顔をしかめた。そして、柴倉を避けて祐雨子に視線を送って首をかしげる。祐雨子も同じように首をかしげた。そうやって以心伝心な二人を見るとモヤモヤするので、あいだに入っているのをいいことに顔を傾けて邪魔してみた。

「なんだよ、さっきから！」

とたんに多喜次が声を荒らげる。柴倉はにっこりと笑ってみせた。

「ナンデモナイヨー」

「そ、その言い方、絶対なにかあるだろ⁉　ムカつくな！」

「気ノセイダヨー」

語調を変えて返事をすると、怒った多喜次の手が伸びてきた。ひょいと避け、祐雨子の後ろに避難する。そして、祐雨子を盾に逃げ回る。慣れているとはいえ着物ではさすがに動きづらいのか、祐雨子は柴倉に手を引かれふらふら動く。「あっ」と声をあげて体勢を崩した祐雨子を柴倉が慌てて受け止めると、彼女は楽しげに笑い声をあげた。

それがまたとびきりかわいくて、柴倉は小さくうめいた。

本当に罪作りな人だ。

「二人とも、仲良しさんですね」

憎らしくも愛らしい人は、そんなことを言って嬉《うれ》しそうに同意を求めてくるのだった。

参考文献

『透明和菓子の作り方』　著・安田由佳子（文化出版局）
『電子レンジで手軽にカンタン　おうちで作る和菓子レシピ12か月』　著・鳥居満智栄（淡交社）
『プロのためのわかりやすい和菓子』　著・仲實（柴田書店）
『やさしく作れる本格和菓子』　著・清真知子（世界文化社）
『イチバン親切なお菓子の教科書　特別セレクト版』　著・川上文代（新星出版社）
『事典　和菓子の世界』　著・中山圭子（岩波書店）
『声に出して読みたい万葉の恋歌』　監修・松永暢史（河出書房新社）

※この作品はフィクションです。実在の人物・団体・事件などにはいっさい関係ありません。

集英社オレンジ文庫をお買い上げいただき、ありがとうございます。
ご意見・ご感想をお待ちしております。

● あて先
〒101-8050　東京都千代田区一ツ橋2-5-10
集英社オレンジ文庫編集部 気付
梨沙先生

鍵屋の隣の和菓子屋さん
つつじ和菓子本舗のこいこい

集英社
オレンジ文庫

2018年9月25日　第1刷発行

著　者　梨沙
発行者　北畠輝幸
発行所　株式会社集英社
〒101-8050東京都千代田区一ツ橋2-5-10
電話【編集部】03-3230-6352
【読者係】03-3230-6080
【販売部】03-3230-6393（書店専用）
印刷所　大日本印刷株式会社

※定価はカバーに表示してあります

ISBN 978-4-08-680211-6 C0193

集英社オレンジ文庫

青木祐子・阿部暁子・久賀理世
小湊悠貴・椹野道流

とっておきのおやつ。

5つのおやつアンソロジー

少女を運命の恋に落としたたい焼き、
年の差姉妹を繋ぐフレンチトースト、
出会いと転機を導くあんみつなど。
どこから読んでもおいしい5つの物語。